街燈

北村薰

Kaoru Kitamura

許金玉 譯

新雨出版社

目次

街燈

Vanity Fair

浮華世界

1

我們離開麴町（註1）之際，房屋屋頂的上方不遠處，可以見到山巒般的淡藍雲彩。那顏色，彷彿是藍色顏料滴入了名為天空的水缽當中，呈現由淡到濃的色澤。而在雲彩的另一端，天空則染上了淡淡的櫻花色。

我們的車子不疾不徐地向前進。突然，一輛匆忙疾駛的汽車追過我們。

「你總是慢條斯理呢。」

園田穿著制服的肩頭動也不動，望著前方答腔：

「是的，畢竟時間也不趕呀。」

我從後座往前探出身子，將臉蛋靠向駕駛座與後座之間的隔間玻璃窗。其實不這麼做，我們也聽得到彼此的聲音。

「——聽說皇族之中，也有人自己開車，而且速度還相當快呢。」

自行開車的華族（註2）並不少見，但皇族就另當別論了。這件事是我在學校裡

註1：麴町，舊地名，原爲東京市三十五區之一，現爲東京都千代田區的一部分。

註2：華族、士族是日本在新憲法頒布前（一八六九－一九四七年）存在的階級。當時國民分爲皇族、華族、士族、平民四等。其中，華族爲貴族階級，士族則是原本的武士家庭。

偶然聽見的，也不知是眞是假。但是，這種事情就是要把假的說得像是眞的。

「眞的嗎？」

園田的反問當中帶有驚愕之意，讓我感到相當有趣。

「唉呀，就像是練習騎馬，大家都會做呀。開車，就好比是現代的騎馬吧？」

「還是有點不太一樣吧。眞要說的話，就像是華族的夫人雖然會撐陽傘，卻不會自己拿雨傘。」

「你想說，所謂身分有別嗎？」

「是的。」

「那麼，士族家的小姐又是如何？至少也該學會現代的騎馬才行吧？」

我們花村家是相模士族出身。在爺爺那一代成爲御家老（註3）的養子，地位雖然提升了不少，但因爲不是藩主，明治維新時也沒有建功，因此未受封爵位。

雖說貴爲華族，但各自的境遇也不盡相同。公家（註4）當中，也有些大人空有地位，口袋裡沒有幾個錢。甚至有些公家大人本應受封爲華族，但因不具備足以保持顏面的收入，只好哭哭啼啼地婉拒封爵。

我家爺爺認爲在當時那種變化萬端的時代中，若要出人頭地就只有從軍，於是毅然進入軍隊，最高曾擔任師團長。爺爺那個人，說好聽一點算是英雄豪傑，說難聽一點就是個自吹自擂、過度招搖的陸軍名人。我的姑姑，藉著父母的光環與自身的美貌，風光嫁入了子爵家。爸爸則是踏入經濟領域，成了日本數一數二的大型財閥旗下的貿易公司社長。

我曾經問他。

「欸，爸爸。」

「怎麼啦？」

「因爲爸爸是社長，所以我能明白家裡有錢的原因，但爲什麼桐原先生和有川先生也那麼富有呢？」

「因爲桐原先生是侯爵，有川先生是伯爵啊。」

「可是，聽說也有很多大人雖然貴爲伯爵，生活卻不優渥呀。」

「這是因爲這兩位大人的家族，在明治維新之前都是大名（註5）啊。這對英子來說還太難了，不好懂吧。不過，妳要是隨便聽了點東西就在外面亂嚼舌根，我也很頭痛，所以我還是說明一下好了。總之呢，大部分大名華族都是有錢人，因爲他們握有各式各樣的公債與優質股票，嗯，當然還有其他的資產，所以他們的家族本身，就有如一間公司。」

註3：御家老，日本江戶時代幕府和藩國中的職位，通常爲數人，一同管理幕府或藩的政治、經濟等事務。地位極高，僅次於幕府將軍和藩主。

註4：公家，爲天皇與朝廷工作的貴族、官員的泛稱。

註5：領主、藩主。

嗯——我側過腦袋。

「就像是桐原社長和有川社長？」

父親露出苦笑。

「嗯，大概就是這樣吧——這些話可別對外人說喔。」

今日，我受邀去參加那位「有川社長」在自家宅邸舉辦的女兒節宴會。

我與我的同學，伯爵千金有川八重子小姐，是從孩提時，已算是個小大人之際就變得親密熟稔，以學校的課程來比喻，便是在「中年級」那時候。

到了中年級，學校會開設裁縫和外語等新課程。

外語可以選擇英語或法語。據說俄羅斯的社交界都是以法語交談，因此有不少人選了法語。

我從會開口說日語的時候起，爸爸就爲我找了一位家庭教師海倫小姐，因此很自然地學會了英語。也因此，我最喜愛的童話故事，不是《桃太郎》，而是《彼得兔》。也許是長期滯留在倫敦工作的緣故，爸爸相當喜愛英國。我的名字「英子」，似乎也與此有幾分關聯。至少我該慶幸不是叫作A子。

因此，我並不是爲了上課較輕鬆，而是非常自然地選擇了喜歡的英語。文部省（註6）的長官前來參觀上課情形時，或許是想讓他們看看學習的成果，老師常常指名我朗讀。

有川先生聽見我的聲音後，彷彿是對一隻擁有奇異叫聲的鳥兒產生興趣般，主動向我攀談。於是，承蒙昭和天皇庇佑，大名家的八重子公主與這樣渺小的我，在感情融洽的時候，還會互相稱呼對方爲小有、小花。

2

「可是，汽車眞的很危險呢。而且，大人物一旦發生意外，馬上就會上報。前些天也是，某警察署長搭乘的車子啊——」

「我知道。他撞到了衝出來的男人，對吧。」

「正是如此。雖然從駕駛者的角度來看，撞上了冒失衝出來的人，眞是無可奈何。」

「可是，肇事逃逸也不好吧。而且，他事後的說明都很莫名其妙，竟說什麼——當時好像出了什麼意外，但我在後座睡著了，什麼都不曉得。」

「是的。」

「眞敢說呢。」

註6：相當臺灣的教育部。

漸漸地，路上來來往往的行人身影、樹木、一幢幢屋子，都開始帶有皮影戲的風情，等到看見有川宅邸的長長圍牆之際，雲彩與天空的交界處，也像是墨水暈開了般，再也無法清楚區分。

園田以粗厚的嗓音說：

「看來有人更早到了呢。」

恰巧，一輛車子正要駛入有川家的大門。

坐在身旁的阿芳開口問：

「那輛是什麼車呢？」

昏暗之中，視線實在不清楚。我心想：這樣看得見嗎？但園田眞不愧是位司機。

「那是克萊斯勒。」

「是哪位大人的車呢？」

也許園田在學校正門等著接我回家時，曾見過那輛車子吧，也或許司機們在等候的期間會閒聊上幾句，園田多少會知道一點。

「小的也不太清楚……」

穿過偌大的大門，車子又在林木之間行駛了一段路後，終於抵達門廊。園田迅速下車打開車門。在門廊等候的有川家下人提著燈籠，照亮腳邊土地。燈光在地面落下一個圓形光圈後，又向外暈開。

「請小心。」

阿芳檢查了一下我的振袖（註7）是否整齊後，便前往同行下人的等候間。園田則開著帕卡德（Packard）前往停車場。

由於今日是舉辦女兒節宴會，我便往有川家的日本館前進。置放於各處顯眼地帶的燃燒火堆，指示出了路徑。

乘坐克萊斯勒的貴客，是桐原侯爵家的道子小姐。她身邊還跟著一位助手，爲她打開車門。

「日安。」

道子小姐走下車來，睜開瓜子臉上那雙睏倦慵懶的雙眼，朝我打招呼。

「日安。」

我也予以回應。

柴火發出響亮的劈哩啪啦聲，焚燒木材的氣味，在急遽變得深沉的黑暗中飄來。

雖是慶賀女兒節，但現在已是四月，晚了原本的節日一個月，因此桐原小姐和

註7：未成年者所穿的和服。

我的振袖上，都描繪著櫻花的圖樣。桐原小姐的是吉野山櫻花，而我的則是從淡紫色的下襬處，漸漸地往上延伸成盛開的櫻花。

我家是在陽曆三月三日慶祝女兒節。在現今的昭和時代裡，這是很自然的做法吧。但有川家會在四月三日邀請成人賓客。而今天，也就是四日，便舉辦由八重子小姐擔任主辦人的孩童之宴。

在桐原家，賓客數量又更多，因此將盛大隆重的宴會分為成兩次，在三日、四日分別宴請眾多賓客。倘若春天的園遊會已是種例行公事，那麼桐原家的女兒節宴，就是一種以招待各界名流、各國大使館的夫人與千金爲主的例行公事。五日則輪到桐原家姊妹邀請閨中密友。

大名華族的女兒節宴會大多於四月舉辦。我不禁想，這可能是因為天候變暖了，適合招待賓客吧。

我輕身退開，讓桐原小姐先行走在前頭。

「失禮了。」

桐原小姐和我，都隨著引導者提著的燈籠光線，走在砌成幾何學圖形的石板路上。

今夜大宅裡的燈光照明悉數熄滅，夜色顯得更加深沉，只有置於各處的火堆亮光，鮮豔耀眼地彷彿要劃破漆黑。在躍動的火焰照亮下，花叢裡雪柳的純白色澤，皎潔得叫人吃驚。

不只是火堆。若不是這種時期，點上燭火的石燈籠也極爲少見。我頓時有種置身於巨大人偶架的錯覺。就連自己噠噠噠的腳步聲，也帶有一種神秘的美感。

八重子小姐站在日本館的玄關前迎接我們。在長廊上、房間裡，紙罩座燈裡的燭火都像是遺落凡間的星星般，不停閃爍晃動。

大廳裡鋪有紅毛毯，其中三面牆前，如同帝室博物館（註8）的展示方式一般，聲勢浩大地擺放著好幾組雛人偶，它們一定曾深受歷代公主殿下的青睞吧。光是擺放這些人偶，想必就是一大工程。

不過，聽說在桐原家，還有下人專門負責開關木板雨窗。他們在天色開始泛白之際起一一打開，穿插著午飯休息時間，中間好幾個小時都不停地重複開窗的動作，等到全部打開後，天色也已經微暗。休息一會兒後，又得逐一關上所有雨窗。由此可知，大名家無論做什麼事，規模都很浩大。

當我在參觀雛人偶之時，好友們也接二連三抵達。

等到我的眼睛習慣昏暗的室內後，便能逐漸看清人偶臉龐上的細緻紋路。我在孩提時，比起人偶，注意力多放在旁邊擺飾家具的雕工上，但此時的我，竟覺得密

註8：現今的東京國立博物館。

密麻麻覆住三面牆壁的雛人偶們，小巧伶俐的眼瞳似乎都緊盯著我瞧。

——那尊人偶長得眞像是双葉山（註9）呢。說到双葉山，五月的校外教學似乎會去榛名山（註10）唷。這座山和那座山不一樣吧。去年是去哪兒呢？是野田，喏，我們去參觀了醬油工廠吧。醬油嗎，眞是討厭——等等，當色彩繽紛的褔袖女孩們，以這些天眞無邪的閒話家常妝點大廳時，身爲主人的八重子小姐將她那如同松鼠般的可愛臉蛋，湊向一直默不作聲的我。

「怎麼了呢？」

「不，我只是在想，這些雛人偶們，從以前到現在，已經見過很多很多的女孩子了吧。」

「哎呀……小花妳眞是有趣。它們盯著我們瞧這種想法，我可是從來都沒有過呢。」

這些古老的雛人偶，從數百年前起就一直觀望塵世，在它們眼中，現在的我們，就像是掠過眼前的無數女子繪卷中的一個場景——有如放映機鏡頭上，一閃即逝的瞬間影像吧。

女兒節御膳端至我們面前後，下人將白酒注入朱漆酒杯。傭人從裝滿彩霞般的櫻花花籠中，捏起一簇櫻花，使其飄浮於美酒上。不使用桃花而是櫻花，也許是因爲櫻花更適合武家吧。

在紙罩座燈的矇矓不清光線中，朱漆酒杯綻放出流光，女兒節酒在其中載浮載沉。上面還有雪白的、小巧的水面櫻花。

即便是司空見慣的春季花兒，僅摘下一簇後近近端詳，也覺得實在是巧奪天工。

宴會邁入尾聲，就在送客至玄關的途中。八重子小姐像是忽然想起般，朝我挨近並快語說道：

「欸，小花，《Vanity Fair》是什麼呀？」

3

華族的年輕人彼此之間素有來往，都是趁著自宅舉辦各式各樣的聚會、抑或受邀、抑或前往華族會館等機會交流。雖然他們未曾踏出到外面的世界，但相對地，在封閉的世界裡，彼此卻如同大家庭般親密。

註9：双葉山定次，日本知名相撲力士，第三十五代橫綱，有「相撲之神」、「昭和角聖」之稱。
註10：位於群馬縣中部的火山。

再過幾日，有川家將會在宅邸當中舉辦賞櫻園遊會。這是每年的例行活動，屆時占地寬廣的庭園也會變成相親的會場。提及這件事時，某家的少爺便對八重子小姐說：「哎呀，那也算是一種 Vanity Fair 吧。」

聽不懂——要是直接投降也太令人氣惱了，於是八重子小姐微笑以對，心想若是英語，不用自己想，問小花就成了。那個詞究竟是什麼意思呢——所以她才會問出這個問題。

原本只要問家庭教師即可，但也許這會是個令她滿臉羞紅的行為，所以八重子小姐不敢。她才會不向那些千金小姐，而是放下身段向稍微通曉人情世故的我提問。

由於事出突然，我即答：

「『Vanity』意思是虛榮吧。『Fair』有公平公正的意思……但也有博覽會的意思。」

「喔……」

她的回應有點閃爍不明。

「我好像曾聽過『浮華世界』這個詞。Vanity Fair 不就是那個意思嗎？」

若用這個詞彙來比喻園遊會這種場合，嘲諷意味就顯得相當濃厚，不過，還眞像是年輕貴族少爺會說的話。

「總之，回去後我會再查一查。」語畢，我便離開了有川家。

回到家換了套衣服後，我走進客廳，湊巧見到雅吉大哥正放著克萊斯勒——但這裡說的克萊斯勒不是汽車，而是小提琴家弗利茲・克萊斯勒（Fritz Kreisler）——的唱片，舒適愜意地打發時間。這段時間，大學正在放春假。

「你有好好用功讀書嗎？」

「嗯，雖然我的身體躺在沙發上，但大腦可是在全速運轉喔。有個意味深遠的哲學——」

他用食指指著腦袋。

「——正在這裡逐漸成形呢。」

「我倒眞想看看呢。」

「因爲太深遠啦——太過深遠了，妳哪會懂。那可是又深又遠呢，妳的目光根本看不到。」

《愛之悲》的甜美琴弦聲響起。關東大地震發生的那一年（一九二三年），也就是距今九年前，名小提琴家克萊斯勒親訪日本，在帝國劇場舉辦演奏會。母親帶著當時還是小學生的雅吉大哥前往聆聽，而他對此事相當自豪。如果英子再大個兩、三歲，我也會帶妳一起去吧——母親如是說。

也就是說，大哥不過是因爲比我早呱呱落地，經歷與學識才會比我豐富。

「欸，我有件事想問問你。」
「什麼事？」
大哥邊用指頭打著節拍邊答腔。
「《浮華世界》是指什麼呀？」
「——妳連這種事情也不知道嗎？」
我心有不甘，搖動他的肩膀。
「快點告訴我啦。」
雅吉大哥整個人跟著前後左右晃動地說：
「那是一本——英國的——小說啦。是一個叫作薩克萊（William Makepeace Thackeray）的人——寫的。」
「咦？」
「一個名叫薩克萊的小說家啦。啊哈哈。」
大哥是文學院的學生，偶爾也會寫些老是不見完成的戲曲。
「我聽過他的名字。」
「是嗎？對了，聽說薩克萊的鼻子很大，或者該說是歪七扭八？」
眞叫人出乎意料的訊息。
「你爲什麼知道這種事？」

「其實前陣子呢……」

看他一臉認眞，我便傾身向前。

「我曾在資生堂的接待室裡跟他一起喝過茶唷——喂喂，停停停！」

「快點說實話吧。眞是的，就愛耽擱我的時間。」

「我記得《我是貓》裡頭有提到過吧。『薩克萊的鼻子』。」

「……原來是這樣。」

夏目漱石的書，我和朋友也常常閱讀。少女小說與夏目漱石的作品，是女學生經常拿在手上閱讀的書中雙璧吧。我也看過《少爺》。

「不過『浮華世界』這個詞彙本身，並不是薩克萊先生自創的，似乎原先就有。但是，這個詞彙開始廣爲流傳，是在薩克萊引用之後的事。與其說妳是有聽過這個詞——不如說是有看過吧。」

「你爲什麼這麼說？」

「我們家就有那本書啊。只要打開圖書室的房門，就在房門後頭的書架上方。」

果眞是當局者迷。

「謝謝，我會去找找看的。作爲謝禮，我就告訴你一件事吧。你看過電影的廣告了嗎？」

「報紙嗎？不，今天的我還沒看。」

「田中絹代（註11）的新作，很適合大哥觀賞喔。」

「是嗎？妳眞的很常看報紙呢。」

大哥朝著起身的我說：

「——媽媽說了，女孩子家不要看太多報紙比較好喔。」

我們家是稱呼父母為「爸爸、媽媽」。上學之後我才知道，皇族是稱呼父母為「父親大人、母親大人」。

在公家是稱呼「爹爹大人、娘親大人」；在我們武家，似乎稱呼為「爹親大人、母親大人」才是正統。不過，聽說在那些因擔任外交官而長期居住在西歐國家的家庭裡，孩子們甚至稱呼父母為「爹地、媽咪」。

「哎呀，為什麼？」

「近來似乎發生了不少駭人聽聞的事情吧。例如玉之井分屍命案（註12）。對於婦女幼兒的教育不太好吧。」

「啊，那件命案啊。聽說還有人去問推理作家『眞相究竟是什麼』呢。」

「問了也無濟於事。推理小說不過是紙上談兵罷了。」

「說得也是呢。」

「就連弓原姑丈也是。身為檢察官，別人問他時，他也因為職務而不能任意發言，更何況是去問寫小說的人，他們也只能笑著說不予置評吧──」

弓原姑丈，即美人姑姑的丈夫，弓原太郎子爵。他是東京地方法院的檢察官。也許是因爲用腦過度，他的頭髮從年輕時起就顯得有些稀疏，不過，他蓄著酷似卓別林的一撇小鬍子。

他是位文筆造詣極佳的人，經常有雜誌委託他寫些與犯罪有關的散文。有一回，他寫道「也算是工作上的興趣，所以我經常閱讀歐美的偵探小說」，結果一本名爲《新青年》的雜誌立即向他邀稿，請他寫短篇小說。而該企畫的名稱是「名人創作的偵探小說特集」。

有些名人似乎是請作家代筆，但弓原姑丈卻是興致勃勃地親自執筆。華族在寫偵探小說──多了這份意外感後，聽說頗受好評。爾後他也不時發表作品。

或許是姑丈夫婦膝下無子的緣故，他們相當疼愛我。只是當我央求：「讓我看看姑丈寫的書嘛。」他總是溫柔地笑著說：「對小英來說，看那種書太早了。」

「──如果是姑丈，的確會那樣做呢。」

我拿起放在鋼琴上的報紙，佯裝不經意地放在大哥面前。

註11：田中絹代（一九〇九－一九七七），日本大正、昭和時代重要的電影演員與導演。
註12：玉之井分屍命案，發生在昭和七（一九三二）年的命案，日文的「分屍」一詞因而產生。

田中絹代的新電影名爲《傻瓜哥哥》。

4

我來到玄關大廳，走進樓梯旁的圖書室。按下電燈開關後，五彩繽紛的書背特別醒目，同時也讓我感覺到空氣中充斥著書本獨特的香氣。和式穿線裝訂的歌謠本乃至皮革封面的洋書，整整齊齊地排滿了整面書架。

仰頭看向大哥所說的那一帶，只見上頭排放著厚厚的叢書。在那些厚書當中，確實有兩本名爲《浮華世界》的書籍。是上、下集。

我拉來小桌旁的椅子，站至上頭，伸長了手將書拿下。那兩本書好重又好沉。

抱著書走上二樓，窩進自己的房間。

我將書籍從書盒裡拉出來後，發現封面是深藍色的，書名則以金色字體印刷。義大利大理石製的暖爐旁，放有淡紫色的沙發。我整個人坐進沙發裡，將書放在膝蓋上打開。讀大人的書很有趣。有本名爲《源氏物語》的古書，小時我還以爲內容是在講述源平大戰，耐著性子看完一頁後，卻完全摸不著頭緒。雖然有過這樣的經驗，但閱讀大人的書，就像是《少年俱樂部》比《少女俱樂部》（註13）有趣般，偷覷圍牆外頭的事物，總是很吸引人。

前言放有薩克萊先生的肖像。不，書上是寫「英國薩克雷著，平田禿木譯」，所以依據譯名，該稱呼他為薩克雷先生。多半是因為先前聽了大哥那番話，現在一瞧，他的鼻子果真又圓又大。

平田先生在一開始就先為作者及作品進行解說，這點讓我非常感激。這本書是薩克雷在一八四五年開始執筆，初次集結成冊是在一八四八年初夏之際。再過幾年，就是黑船駛進浦賀、迫使日本開放鎖國的日子呢。

不肯讓日本兀自沉溺於安樂日子裡的西歐各國，在當時，可說是工業發展繁榮，俗物遍地、俯拾皆是，「猶如百鬼夜行的雜亂之景，是個名副其實的『浮華世界』」——看著這個解說，我彷彿正置身在教室裡聽課。當然，現實生活裡，絕不會有這種課程。

當時描寫那個「遭到怪物群踐踏欺侮，為貧而苦，為病而哭」的下層社會之人，是狄更斯（註14）；「立即撲向那群怪物，揭穿其虛榮、偽善、可笑的表面，直逼近體無完膚境地之人，則是薩克雷」。

註13：大正．昭和時期的雜誌。

註14：狄更斯（Charles Dickens，一八一二－一八七〇），英國著名小說家。與薩克萊並稱維多利亞時期的「小說雙傑」。

年輕的作者稱呼此書為「一部沒有英雄的小說」。平田先生認為，其背後意義可能是種決心的表徵，即是不想如同舊式小說一般，讓「天皇皇后和武士般的人物」登場。而這本「無英雄」的大長篇小說主角，是位名為莉貝卡·夏普的女性。

讀讀看吧，我心生這股渴望。

故事首先，從與《小公主》（註15）一書相同背景的女子寄宿學校開始。開頭是一位出身良好的艾蜜莉亞小姐畢業後，打算要返家，校長平克頓老師依例贈送她一本約翰生博士（註16）編纂的《大辭典》，上面還寫有她的名字。這時平克頓老師的妹妹耶米娜老師現身，戰戰兢兢地又抽出一本辭典。即將離開學校的還有一人，是名為貝琪·夏普的女孩——貝琪是莉貝卡的小名。但平克頓老師冷冷地說，不需要給那種丫頭。

那本《大辭典》等同於是曾待過學校的證明，因此才會贈予學生，是項具有權威的禮物吧。這一點如果去問雅吉大哥，或許他能為我解惑。但是，我受不了他又向我耀武揚威，於是作罷。

前來迎接的馬車抵達後，艾蜜莉亞小姐如小山般的行囊被搬至馬車上。行李中，有一個掛有名牌的小巧老舊手提包，名牌上寫著夏普小姐。接著，莉貝卡·夏普向校長道別，以發音完美的法語說：「平克頓小姐，我在此向您道別了。」然而，當校長基於禮節欲與她握手時，她卻予以無視。

光是如此就讓我大吃一驚，但還沒完呢。馬車開始奔馳時，慈憫的耶米娜老師追了上來，隔著窗子將字典遞給她。

但是，貝琪卻將那本字典——直接丟回了庭院。

5

我驚駭愕然。書，可說是一種印刷了人類思想的東西，再說得明白點，就等同於是作者本人。而我從小受到的教誨，就是絕不能跨過放在榻榻米上的書。

更何況薩克萊先生是位作家，印刷出來的書本，對於他來說應該是最爲重要的東西吧。而且遞至主角手中的還是字典，等同於是「語言」本身呀。竟然在長篇小說的一開頭，就讓她丟回字典。

這位貝琪，究竟是什麼樣的女孩子——在我如此思索時，我就已然掉入了薩克

註15：《小公主》（A Little Princess），英國經典兒童文學。作者爲伯奈特（F.H. Burnett，一八四九－一九二四）。所改編的卡通，台灣翻譯爲「莎拉公主」。

註16：約翰生博士（Dr. Samuel Johnson，一七〇九－一七八四），英國史上最有名的文人之一，也是第一本英語字典的編纂者。

萊先生設下的圈套裡。

莉貝卡是貧窮畫家的女兒，死去的母親則是法國女伶，會說巴黎的語言。於是她也習得了一口流利的法語。自孩提時期起，她就有著過人的處世機智，只要這個孩子一出馬，窮凶惡極的討債惡棍也會打道回府，就連商人也說不過她，為她打了折扣。父親過世後，十六歲的她孑然一身，是平克頓老師收留了她。因為她的父親曾在這間女子學校裡教過繪畫。

當時，平克頓老師的說法是，只要她能在學校裡教授法語，就能在寄宿學校裡接受修養教育。

貝琪討厭滿是陳規的寄宿學校，懷念原先自由自在的生活，所以就學期間整個人都變得憔悴，彷彿在悼念已逝的父親般，於是她開始認為「豈止是身旁的人討厭這裡，就連自己也是」——這部分實在是嘲諷意味十足。這就是薩克萊的風格吧。

貝琪為了成為家庭教師離開了學校。在前往獲薦家族前的一星期，她都待在好友艾蜜莉亞的家裡。這時，她很快就相中了好友的哥哥。

依作者的描寫，書中並沒有任何人看不起夏普小姐。然而，她沒有能夠為她尋覓好夫婿的父母。即使她聰明伶俐，精通外語，繪畫及歌唱方面的才華也十分優異，又是個沉魚落雁的美女，但就是缺少了一項決定性的事物——身分。這就像是乘法中任何數字乘以零一般，無論原本數字多大，最終所有的答案都會是零。這本書，就是她頑強對抗這道公式的抗爭。

薩克萊先生接著這麼寫道——年輕女孩們無論是跳舞，還是學習鋼琴，都是爲了擄獲男人的心。具有身分地位的父母們鬧得人仰馬翻，爲了晚會和冰涼沁脾的香檳，花費大半收入是爲了什麼？眞是讓人想說聲你們這群可笑之輩。但是，其實這都是他們想爲女兒找個好郎君的殷切期盼使然。

眞難想像這些故事是在嘉永年間（一八四八年）所寫的。

翌日上午是日本畫練習課，下午則是鋼琴。我讓指尖在鍵盤上翩然起舞時，想起書中的內容，不禁笑了出聲。難得親臨我家授課的上野音樂學校名師，朝我投來了狐疑的目光。

過了正午，我走進電話室，致電有川伯爵府邸。電話轉接給了八重子小姐。

「昨天的那個問題——《浮華世界》，那是一本書的書名。作者是英國人，名字是威廉．梅克比斯．薩克萊。」

雖說今夜會在桐原府的女兒節宴會上碰面，但我心想知道的事情還是早點說出來吧。

「哎呀，眞了不起。這麼快就弄清楚了。眞不愧是小花。」

我沒有說出自己正在看那本小說。

現在，故事裡頭的貝琪小姐，當上了從男爵家的家庭教師。不過，從男爵一旁標有 Baronet 這個英語，難道在他們的世界裡，不只有公侯伯子男五種爵位嗎？這點姑且不論，往後，不曉得華族人士會怎麼樣地嘲弄我。倘若被伯爵家的人指指點點，說出「花村家的小姐竟讓八重子知道一本不得體的書」之類的話，那就不好了。

這種時候，身分便會造成微妙的差異。相較之下，這本書若是侯爵家與伯爵家的千金小姐在哥哥的書架上找到，一邊吃吃笑著，一邊拿給我過目，問我有什麼感想，便是不值一提的小事。

一般而言，在學校裡頭，帶有叛逆氣息的人會讓人敬畏三分，太過認眞古板的人，則會遭受到輕侮的目光。高貴的小姐們若是顯現出不甚得體的一面，也是一種惺惺作態、耍酷的行爲。

學校裡頭的人際關係，與爵位一點關係也沒有。我們所就讀的女校，在世人眼裡，似乎是間只有華族才能就讀的學校。但是某些年級中，平民與士族總合在一起的人數，還比華族的人數多呢。當然，雖說是平民，入校就讀的也大抵都是大臣、海陸軍官將領，或是大學教授及大公司社長等家庭的千金小姐。

所以小有、小花等暱稱，也會套用在公爵大人的千金小姐身上。只是，隨著年級愈往上升，愈會意識到身分的微妙差異，也是事實。

因此，如果是八重子小姐主動說「《浮華世界》很好看喔」並借給我，那就一點也不打緊，但相反地，若是我借給她，便會落人話柄。

我的這層顧慮，與被選爲皇族學伴之人，對於職責方面的顧慮不同。抑或者，這也是一種我透過彆扭乖僻的形式，所體現出的自尊心。

「書裡好像出現了各式各樣的俗人吧。好比說紈絝子弟——對方是在諷刺這件事吧。」

於是，八重子小姐的疑問獲得解決。

6

我買英美雜誌，是爲了學習英語，因此父母二話不說就會點頭答應。買書時我會前往丸善書店，再順路來到銀座。我最喜歡漫步在銀座地區了。

當然，我並不是如同俗稱的「銀座閒晃」，可以一個人愜意自在地亂逛亂走。而是母親前往三越百貨或松屋百貨時，順道帶我過去。年長的司機山崎握著方向盤，園田則坐在副駕駛座上，女總管阿定也會隨行在側。

車子停好後，園田和阿定跟在我們身後。園田負責護衛，阿定則在我們偶爾購買不需特地送回宅邸的小物品時，負責拿出現金付帳。

若只是單純的購物，只要呼叫百貨店的領班來家中即可。實際上我們家也確實這麼做過。但是像這樣漫無目的地東逛西晃，比較有趣。

有些府上，除了上學之外，絕不讓女兒踏出家門一步。我們家在這一點上，倒是相當開明。這並不是家世的問題，而是家風的問題。其實，聽說皇族的貴婦女子當中，也有不少人喜歡親自到百貨店閒晃。

我對於銀座的第一個記憶，就是穿著火紅色的服裝，又戴著奇形怪狀頭冠的人們。不過，那並不是源於現實裡的姿態，而是一張類似於屏風畫的圖片。那張圖裝飾在櫥窗上，上頭畫著好幾個人，都以相同的動作跳躍起舞。那似乎是慶賀陛下成婚的舞樂繪畫。這麼說來，是大正末年（一九二四年）的事了。聽說那是鳩居堂（註17）的店面櫥窗。這件事也是別人告訴我，我才知曉的。

當有人問及當時僅留下朦朧記憶的自己時，對方總是感到不可思議，我竟能記住那件事。現在，我偶爾去鳩居堂買信封和信紙時，彷彿可以從天空之間窺見，當年站在店門前的幼小自己。

最近在銀座，大地震後的高聳建築接二連三落成，像是在宣告新時代的到來般，令人雀躍不已。

在尾張町（註18）轉角處，人行道的頭頂上方，就像是遮雨的頂棚般，現場施工事務所環繞著二樓設立。那間服部鐘錶店的工程也即將宣告完工。

「金太郎先生的店蓋好後，我們去買隻新桃太郎好了。」

母親說。

鐘錶店的老闆名字似乎是服部金太郎。桃太郎是一種婦女用錶，錶蓋就如同童話故事裡的桃子裂開了般，打開時會分爲兩半。眞是奇巧的設計。

我們趁著春假去了一趟銀座，回程時母親在車內開口：

「這麼長一段時間以來，眞的是辛苦山崎了呢。」

我怔忡不解。山崎戴著制服帽的臉龐依然面向前方，回道：

「哪兒的話。」

我拉拉母親的袖子。

「媽媽，山崎要辭職了嗎？」

「是呀。本來以爲爸爸會找一天告訴妳，所以我一直沒說，可是——像現在這樣坐著山崎開的車來到銀座，已經是最後一次了呢。一思及此，就想對他說聲謝謝。」

「爲什麼要辭職呢？」

「有各式各樣的原因呀。山崎的兄長過世了，他必須回去才行。」

註17：販售和式文具與香的老店。

註18：今銀座五丁目。

我對著山崎已見白髮的後腦勺說：
「我們會很寂寞的。」
山崎以我自孩提時期就聽慣的平板語調回答：
「小的眞是太不敢當了。」
這種感覺，彷彿總是無比安定的身邊世界這項工藝品，忽然間缺了一個角。
「這樣一來，往後就會由園田負責開車接送爸爸了喔。」
也許是心理作用，總覺得園田健壯的背影緊張地繃起。下一秒，理所當然的困惑湧上我心頭。
「那我上學的時候呢？」
登門造訪有川府邸時，園田都會開著體積較大的帕卡德，但平時上下學時，園田則是開福特。
既然園田晉升成了正司機，往後會由誰接送我上下學呢？母親露出了意義不明的笑容。
「──會有新司機來嗎？」
就算問了，母親還是說：
「誰知道呢。關於這件事，爸爸似乎已經有了決定。」
母親不肯告訴我，那個「決定」是什麼。既然母親不說，即便山崎和園田知道，也定會三緘其口。

7

貝琪將與從男爵家的次男，羅頓·克羅雷上尉結婚。

之後，拿破崙逃出了被判處流刑的島嶼，發動了著名的滑鐵盧戰役。但令人難以置信地，竟連軍人的妻子與打算觀光的人們也一同來到了這個戰場，甚至還在當地舉辦舞會。

然而，當戰火眞的點燃，眾人可說是雞飛狗跳。先前被假消息要得團團轉、滿口大話的人們，全都一溜煙地四處逃竄；原本逞威風、穿著仿軍服衣飾的人們，也都趕緊脫下衣裝、扯下鬍鬚；貴婦人們則焦急得直跺腳，不停奔走，安排逃跑用的馬匹。

貝琪對於傲慢的伯爵夫人派遣侍女前來要她「賣馬」一事，勃然大怒。迫不得已之下，最後伯爵夫人親自前來低頭懇求，貝琪卻像恭候已久般，態度倨傲地厲聲拒絕。原本夫人心想只要有馬，就能馬上逃跑，於是乘著馬車前來等候。見狀，貝琪哈哈大笑。說：「馬車和輪胎都是法軍的最佳戰利品呢。那個女人可就不是了。」

接著，她間不容髮地將馬匹高價賣給其他男人，大賺了一筆。

這樣的貝琪．夏普，並不是一般世俗會出現的女主角。不疼愛自己的孩兒，甚至無情對待，這些行爲更是昭顯出她的特異。

明明她做出許多令人厭惡的作爲，但看完《浮華世界》後，我卻沒有留下一絲討厭她的感覺。即便她利用自己與生俱來的美貌與聰慧，將男人玩弄於手心之上——雖是種粗鄙低下的說法——但只會令我覺得，男人眞愚昧。

最後一幕，儘管身處於稱不上幸福的處境，貝琪仍是泰然自若地展現笑靨，令再次碰頭的老朋友大吃一驚。如果她是男人，雖然我不喜歡這種假設，但正因如此，如果這個人是男人的話，我想定會是個叱咤風雲的大人物吧。

闔上書本，一時半刻，這位不可思議女子的身影依然殘留在我的眼底。當時是某個和煦春日午後，風兒自敞開的窗飄拂吹來。

「小姐，老爺請您過去一趟——」

阿芳前來呼叫我，就是在這個時候。

8

走進會客室後，坐在椅子上的人立即起身，向我深深行了一禮。

那是位年輕女性，頭髮是隨處可見的隱耳髮型。她既沒有穿著特別亮眼的衣物，也沒有繫著華麗鮮豔的腰帶，但就是給人一種明亮的感覺。也許是那雙西歐風的長睫毛大眼的關係。而讓她的雙眼看來更加炯炯有神的，是那對略微揚起的流線型柳眉。

男人身穿外褂，腳踩竹皮屐，就算再戴頂斯泰森（Stetson）公司製的紳士帽，這樣的打扮如今也是稀鬆平常。但是在百年前的人們眼中，肯定會覺得奇怪至極，就像是見到天狗撐著洋傘吧。

相同的道理，如果是在往昔，這個人的臉配在和服上頭，或許也會覺得像是尊太過威風凜凜的日本人偶，看起來頗爲彆扭吧。不過，比起現代風，似乎又稍微走在時代前端的那張臉，輪廓分明、五官較深，在身爲現下女學生的我眼中，還挺喜歡的。

「這位小姐往後將會在我們家工作，今天還算是客人——我想先讓她和妳打個照面比較好吧。」

女子清爽宜人地報上姓名。

「我是別宮 Mitsuko 。」

剛看完的小說仍在我腦海中逗留，因此聽見「Bekku」這個少見姓氏的發音時，我反射性地聯想到。

……啊，貝琪小姐。

「接下來的日子我將會在此叨擾諸位。自身還有許多尙待學習之處，但還請您多多指教。」

聽見她這麼說，我連忙應和，但仍是搞不明白爲何要雇用這個人。她看來約莫二十上下吧，若是當家庭教師，未免有些太過年輕，況且，我從未聽說過要更換老師這件事。

「哎呀，兩個人都坐下吧。剛剛已經去叫園田了。」

我更是一頭霧水。

不久，敲門聲響起。房門打開後，園田正誠惶誠恐地站在門口。即使走進屋裡了，他仍將印有家族徽章的制服帽子緊緊抱在肚子前，僵立不動。

「到這裡來，坐下吧。」

「小的惶恐。我站在這裡就可以了。」

「那樣子哪能講話。我叫你坐，你就坐下吧。」

「……是。」

園田終於挪動雙腳，侷促不安地坐下，與下達指示的父親正面相對。帽子的正面朝向我這邊。我們家徽的圖案是漩渦狀。不過，是變形的漩渦，三個小漩渦的位置就跟三菱標誌一樣。對了，就像是奧運標誌裡只取出三個圓圈。

「這位是我們家的司機，園田。」

貝琪小姐也自報名諱後低頭行禮。園田像個孩子般捏著上衣的下襬，不知所措地回禮。

父親開口道：

「請你過來不為別的。你應該已經聽說，山崎辭職了吧。」

「是的。」

「因此，我將你升為正司機。如你所知，我會依據情況，使用公司的車、勞煩公司的司機——但除此之外的時候，就要麻煩你了。」

「是的。」

「家裡的人，也大抵都是麻煩你。也就是孩子們——話雖如此，但你主要的工作，就是接送英子吧——」

父親說至此，我就像是老師突然開始發起隨堂測驗卷般，心跳逐漸加速。

……不會吧？會有這種事情嗎？

依常理來看，這種事根本不可能發生。可是，也許是繼承了愛自吹自擂的爺爺血脈，父親相當喜歡新奇的事物，說好聽點，就是很先進新潮。

父親蓄著短鬍，長度只有爺爺出名濃密八字鬍的八分之一。他拈著小鬍子，若無其事地繼續說道：

「我打算讓這位別宮，接下你的工作。」

園田似乎一時之間無法理解父親的話。他四下東張西望，像是在納悶房裡有新來的司機嗎？將粗短的脖子轉了一圈後，他終於明白眼下的情況。

貝琪小姐開口致意。

「不周之處，還請您多多指教。」

園田嗚地呻吟一聲。

「我已經叫了裁縫店的人過來，等會兒要替她量尺寸訂作制服。」

父親似乎未將園田的震驚放在眼裡，轉而朝向貝琪小姐，指著園田的服裝，悠哉自若地說明：

「這是冬天制服。換季之後，布料會改爲白麻，但樣式是一樣的。」

「——請、請您等一下，老爺。」

園田終於開口。

「怎麼了？」

「也、也就是說，這位小姐將會成爲新司機嗎？」

「我從剛才起就是在講這件事。」

「那、那她的爲人呢？」

「她是我認識的人的女兒——這樣還不夠嗎？」

「小、小的不敢！」

園田暫且作罷後，又坐直身子。

「不，小的只是在想，既然是老爺認識的人介紹而來，實在不需要委屈她擔任一介司機。那個，畢竟世間有所謂車夫馬丁之類——」

「住口！」

父親蹙起眉頭。

「我可不記得我有教過你這種無謂可笑的事情。這麼說來，說這種話的大蠢材，是不是也要嘲笑豐臣秀吉原是個馬夫卻能奪取天下？還是說，你瞧不起自己的工作？」

「……怎、怎麼會。」

於是父親咧嘴賊笑。

「園田是因爲別宮是女子，才這般不樂見吧？」

「不……是、是的。」

「眞是不乾不脆。不像平常的你喔。」

「是的……無論是哪位大人家，雇用女性司機，實在是前所未聞……」

「當第一人不好嗎？最先抵陣，可是武家的榮耀。你認爲如何？」

「是，可是——」

園田連忙動著腦子，「噢噢、對了。」敲了下膝蓋。

「說到司機的工作，老爺您或許以爲就只是坐在駕駛座上，動動方向盤而已，那是件很輕鬆快活的事。實際上，也確實有女性在開車。是的，小的知道。但是，那是在玩耍。若是工作，可就不一樣了——每日早晚都必須毫不懈怠地清潔和維修車輛。到了外頭若是輪胎爆裂，就得更換輪胎。倘若只是輕微毀損，就要自己動手取出內胎加以修復，至少需要這點本事才能勝任這份工作——我是這麼認爲的。」

父親看向貝琪小姐。

「妳應該有這點本事吧？」

貝琪小姐眨了眨眼，轉向園田的方向，一臉歉疚地點頭致意。

「雖然還不成氣候。」

父親點點頭，接著說了一段讓我幾乎要樂得飛上天的話。

「而且，男人辦不到的事情，我想就能夠拜託別宮。我打算請裁縫師，也替她訂作幾件制服以外的衣服。只要穿上那些尋常衣裳，她就能不顯眼地跟在英子身邊。以後也不曉得英子會嫁到哪兒去，不能讓她一直都是隻籠中之鳥。若能讓她憑著自己的才智，前去自己想親眼見識的地方，增廣見聞比較好吧。」

我眞是想鼓掌叫好。我偶爾會在銀座的街角，看見四、五名開心歡笑的女學生，就像是看著一群自由的鳥兒。

我很難跟他們一樣。一般而言，我們這種家庭的未婚女性，只要沒有父母或家庭教師跟在身旁，就不能出去街上。當然，貝琪小姐的立場就像是我的社會學習家庭教師，但她看來就跟高年級的姊姊差不多，受到拘束監視的感覺便很稀薄。

然而，園田聽了這番話後，更是大搖其頭。

「這眞是太不像話了。」

「爲何？」

「有身分地位的人一到外頭，不曉得會發生什麼事。必須要有些功夫底子的人跟著才行。小姐和這樣的——」

他說至此，愼選了下說詞。

「兩位女性單獨走在外頭，光是想像，園田我就擔心得快喘不過氣來了。」

父親一派輕鬆地笑了。

「哎呀，你的這份心意，我就心存感激吧。」

「小的不敢。」

「那麼，現在開車去一趟英子的學校吧。」

「什麼？」

「等別宮量完尺寸之後，你讓她坐在副駕駛座上，來回開一趟吧。我想讓她記住路線。」

園田發出有些無力的叫聲。

「老爺——」

雖然對園田有些過意不去，但我在此時趁勝追擊。

「爸爸，我可以一起去嗎？」

9

當然，我很高興園田如此擔心我。可是園田反對的一部分理由，是因爲神聖的職務領域受到女性侵犯，而生出的排斥心理吧。若是如此，同樣身爲女性，我當然會想聲援貝琪小姐。

園田坐在福特的駕駛座上，貝琪小姐則坐在副駕駛座。我自後方望著兩人的背影。

由於園田個性耿直認眞，即便老大不甘願，仍會確實做好自己的份內之事，所以他邊指出一路上可當作標記的事物，邊不疾不徐地開著車。

從平河町經過閑院宮邸（註19）前方，再沿著赤坂離宮（註20）側邊的道路前進，再於青山口右轉。以左右兩邊的巨大石塊爲起點，四排銀杏街道樹遵循遠近法的原理，一路延伸至正面的聖德紀念繪畫館，勾勒出美麗的線條。這副景色，無論何時看，都不會令人覺得厭倦。

接著抵達的大馬路右邊是陸軍大學校（註21），左手邊則是我們學校。車輛駛至校門前方後，福特又沿著相同的路徑往回開。

車子沿著回程路途緩緩行駛，回到出發點，就在來到麴町的家門時，園田猛地踩下煞車。

大門前的情況異於往常。

有三名穿著便裝與木屐、看似無賴的男子，正與私人警衛江藤先生互相對峙。江藤先生的房間就在正門內側，像這樣的情況發生時，就由他出面解決。那些男人似乎對於有人出來阻攔一事已經習以爲常，很快就從手杖劍中拔出了刀子。

今年，前大藏大臣（註22）以及財閥相關人士，陸續遭到暗殺，社會氣氛顯得有些動盪不安。

站在中央、有著一頭獅子般蓬鬆亂髮的鬍子男，往我們這裡狠狠一瞪。

註19：閑院宮親王的宅邸。
註20：如今已改爲迎賓館。
註21：已於一九四五年廢止。
註22：類似台灣的財務部長。

園田轉過頭後，向我說道：

「如您所見，近來的情勢——眞是不曉得何時會發生什麼事哪。」

我立即明白，這番話其實是對貝琪小姐說的。

獅子男將刀尖轉向福特，大聲怒吼：

「是花村的女兒嗎！」

園田準備發動車輛。

「要逃嗎？」

「絕不能讓小姐受到任何損傷。先在外頭兜個幾圈吧。」

這時貝琪小姐將手搭在副駕駛座的門把上。

「那麼，請先讓我在這裡下車吧。」

她的聲音冷靜沉著，彷彿下車的地點是鴿群正在嬉鬧玩耍的公園。園田和我都愣住了。

過了幾秒，園田終於開口：

「妳想做什麼？」

「今日我初來乍到，總不能就這樣一走了之。」

可是——園田話說到一半，貝琪小姐的雙腳已經立定於地面，反手關上車門。

見到突然從車內現身的女性，別說是無賴了，連江藤先生也瞠大雙眼。

「妳是誰啊！」

獅子男狠瞪向貝琪小姐。

貝琪小姐邊走離車輛邊說：

「我是從今日起，將會在這座府上服侍的下人。」

男人抖動微髒的肩膀。

「喔，妳也是花村養的狗嗎？」

「即便是狗，西鄉南洲大人的愛犬，如今也在上野成了一尊銅像（註23）。」

「花村可不是西鄉閣下。」

白刃轉向貝琪小姐，在春日陽光下散發出刺眼的光芒。

「不管怎麼說，我都將成爲花村家的一份子。見到有人在主人家門前喧嘩鬧事，我也只能上前請他們離開——沒錯吧？」

男人的鬍子臉歪向一旁，邪氣地笑了。

「女人，妳很有膽量嘛。」

「我認爲自己並不算特別大膽。」

註23：西鄉南洲，即明治維新三傑中的西鄉隆盛（一八二八—一八七七）。這裡的銅像，指的是上野恩賜公園中，西鄉隆盛牽著狼犬的塑像。

「妳不珍惜自己的小命嗎？」

「怎麼可能不珍惜呢。只是，假使不能說出理所當然的正論，那麼活著也很讓人無奈吧。」

「叫我們回去，是理所當然的正論嗎？」

「大白天的，在別人家門前揮舞著刀子，我想稱不上是理所當然。」

獅子男將刀子換至左手，接著用空出的右手拿起身旁男子手上的手杖劍。

「女人——」

「是的。」

男人用指尖將手杖劍轉了一圈，反手握住。接著用力往上一揮，將刀尖指向貝琪小姐。

「妳很有趣。好，要我回去，就先和我過個幾招吧。」

爾後，像在投擲標槍般，他奮力揮舞手臂，朝貝琪小姐丟出了白晃晃的刀子。

10

「呀！」地發出驚呼聲的人，是我。

獅子男是想讓貝琪小姐發出慘叫聲吧。原本也該是如此。貝琪小姐本該要揚聲尖叫，癱坐在地。

然而，情況並非如此。

她的眼睛，瞬也不瞬地緊盯著在半空中劃出平緩弧形、飛向她右手的利刃刀光。她沒有躲開飛來的刀刃，反而邁出步伐讓身體往前。朝圓弧伸出的手，令人不敢置信地，竟握住了刀柄。只要早一瞬，指尖就會握到白刃；又只要晚一瞬，手杖劍就會掠過她的身子。

她的身子就像弓箭般向後仰起，手循著刀的流動，先跟著拉扯至肩膀後方。那副模樣就像是從後頭抽出刺於半空中的刀刃般，鐙的一聲又被推回原位。

如同積雪竹子般柔軟下彎的身子，晃動了下後再次回到原位時，她的左手已貼在刀柄上，直立的刀身置於身側，形成一種看似難以活動、卻又像理所當然的自然姿態。

園田邊吐出大氣邊說：

「——是八雙架勢（註24）。」

我自後座上探出身子，將臉湊到園田旁邊，問道：

註24：指雙手握住握柄後擺在右臉旁，刀尖朝上的一種持刀方式。

「那個——那個動作，果然很厲害吧？」
「姑且不論竹棒，但刀身是很重的物品。單靠女人的纖細手臂竟能空手握住刀柄——」
「比起力氣，更該說是技巧。」
「所以她力氣很大嗎？」
貝琪小姐輕盈地挺直身軀，其身形就像是隻鶴般，全身上下毫無可攻擊的破綻。
獅子男目瞪口呆地張大了嘴。
貝琪小姐定睛看著對方。從我的角度，看不見她的眼神。
當下，除了鶴之外，我又覺得像是看到了有川小姐飼養的貓咪。據說那是隻美國貓。當牠看著我的時候，那雙圓眼睛給我深不見底的感覺，宛如看著一根用糖飴做成的長長玻璃棒的斷面一般。
我想貝琪小姐現在的眼神，也跟那樣的畫面差不多吧。也許是因爲她柔軟的肢體動作，帶有貓的感覺吧。
貓可以悠然自在地走在圍牆上頭。以體長的比例來看，那就像是我們人類走在懸崖峭壁上吧。但是，牠們一點遲疑跟恐懼也沒有。按理說來，只要殘留有足以讓腳底板站立的地面，貓咪即便是在崩塌的萬丈之谷上也能行走。但是，人類做不到這種事。現在看來，貝琪小姐就像是輕輕鬆鬆做到了他人辦不到的事情。

男子渾身猛烈顫抖了一下，慌忙將隨意垂下的刀刃架至面前。然後深呼吸兩、三次之後，擠出連枝頭上的春鳥也會振翅飛走的咆哮聲：

「喝啊！」

我又低叫了聲，渾身發抖。但是，貝琪小姐彷佛置身於無聲的世界中，動也不動。不僅如此，她還輕快地將刀子舉至頭頂上，接著，往前跨出一步。仔細看她的腳底，竟不知什麼時候——腳上只剩下了布襪子。在我察覺之前，她已脫下草鞋扔往後方。

獅子男喀啦啦地踩著碎石子後退數步，呼吸相當急促。

「怎麼了？」

我問園田。

「他想脫了木屐。脫下後，再踢到後面去。」

「什麼？」

「交手之際，一開始都要這麼做。但是他全然沒料到事情會變成這樣，所以錯失了良機。而他的腳下就是碎石子，很顯然處於不利局面。」

「不過是雙木屐，現在脫掉不就好了嗎？」

「但是，那個男人——很強。」

「咦？」

我聽得一頭霧水。園田接著說：

「後面的兩人，倒是早已冷靜地脫掉木屐了吧。但是，別宮小姐正採取上段架勢（註25）。現在好不容易互相牽制住對方，只要稍稍留意腳邊，就會露出破綻。在他把心思放在腳上的那一瞬間，就會被劈成兩半。那個男人預見了這個下場。」

我大吃一驚。

「貝琪——不，別宮小姐，想殺了他嗎？」

「不至於殺了他吧。可是，她殺得了。那個男人明白這一點。」

獅子男的胸口大力起伏數次後，倏地疾速後退，大笑出聲。聽來像是拙劣演員的豪放笑聲。

「武士一言既出，駟馬難追——我剛說了，過過招後就會回去。今天就看在妳的面子上，饒了他們。」

收起刀子後，獅子男搖晃著肩膀和亂髮，邁開大步離開。另外兩名同伴慌忙跟在後頭時，貝琪小姐朝他們說：

「別忘了這個。」

揮了揮右手上的手杖劍。

11

扔回去不就好了嗎——當時我暗想。他們不可能接得住，而我也想看看他們狼狽失措的表情，但這是很孩子氣的想法吧。

數日後，家裡邀請了法國大使前來用晚餐，當然，父親也在。

餘興節目是室內管弦樂團。邀請日本嘉賓時，會請說書人或落語師（註26）來活絡氣氛。但對象若是法國大使，這可行不通。

莫札特過後，我請樂團演奏了某一回我聽過後就愛上的曲子——聖喬治（Saint-Georges）的《雙小提琴與管弦樂的協奏交響曲》。由於第二樂章有十多分鐘，長度很適合這樣的場合。傾聽之際，我在心中引頸期盼著第一樂章中那段非常優美動人的旋律到來。終於，弦樂器的音色奏起了那段旋律，啊啊……正當我陶醉之際，旋律眨眼間便結束了。但本來，音樂就是因爲在流動才美麗動人，停在一點上的話，就不算是音樂了吧。

註25：將刀舉至頭頂的持刀方式。
註26：類似單口相聲家。

對藝術知之甚詳的大使開口：
「在小特里亞農宮（註27）的沙龍裡，瑪麗．安東尼（註28）也曾聽過這首曲子。」
他又對著還稱不上是淑女的我，流暢自然地說出恭維話來：
「正如同英子小姐一般，是段魅惑人心的旋律呢。」
大使回去之後，在我泡著紅茶時，爸爸走了過來。
「對了，爸爸。前陣子有群留鬍子的男人跑來大門前，恣意揮舞著刀子呢。」
爸爸動作率性地往沙發上一坐。
「啊啊，我早聽說了。」
「那些人是來討錢的嗎？」
「有不少人都是想來討錢的吧，但也有些人是爲了增長自己的氣焰。」
「爲什麼要跑來我們家呢？」
「嗯。因爲前陣子爸爸——」
父親說出總理大臣之名。
「——說出了會聲援他的話，所以有部分原因是這個吧。」
「哎呀，首相，是日本政府中最偉大的人吧。我們支持那個人，爲什麼不行呢？」

父親撫著下顎，微笑道：

「嗯——爲什麼呢？」

接著，像是進入正題般開口：

「——對了，關於別宮，我讓她搬進以前海倫小姐住過的房間。本來也想過讓她搬進山崎空出的房間裡，但畢竟是女性，住在屋裡比較好吧。」

在車庫旁，蓋有專門給司機居住的簡易屋子，原本由山崎與園田一家比鄰而居。

「那麼，眞的要——」

春季的學期已開始了，看來趕得及在四月裡搭到貝琪小姐開的車了。

「嗯，我已經請別宮負責接妳上下學了。上學的時候倒無妨，但放學接妳的時候，可別讓她等太久喔。如果預先知道自己會耽誤個幾分鐘，就先通知她一聲吧。」

註27：小特里亞農宮（le Petit Trianon），位於法國凡爾賽宮殿後花園的西北邊，是瑪麗·安東尼最喜愛的離宮。

註28：瑪麗·安東尼（Marie Antoinette，一七五五—一七九三），法國國王路易十六的皇后，因叛國罪被送上斷頭台處死。謠傳她曾說過「人民若吃不起麵包，就改吃蛋糕嘛」這句名言。

「……」

爲什麼要特地這麼交待我呢——這樣的疑惑，想必出現在我的臉上吧。

「在停車等待的期間，各家司機之間，有時會下車互相閒聊吧。倘若有人用特異的眼光看著別宮，她未免太可憐了。若是待在車裡看書，別人又可能會覺得她高傲自大。所以盡量別讓她等太久。」

父親看似豪邁，但總能細膩地看穿人的心思。這也是成爲一名好社長該有的資質吧。

「是的。」

「還有妳。可別把這件事當作是拿到了珍貴的玩具喔。」

的確，心情與這種感覺有點類似呢——我暗忖。

紅茶茶杯是明頓（Minton）公司出品的成套茶具，是在英國特別訂製的。廚師前島曾爲我講解了一番，茶杯上的土耳耳藍似乎算是明頓特有的風格。水藍色之所以看來特別明亮，聽說是因爲釉藥中含有透光性，能夠透過輕薄的白磁顯現出來。茶杯本體爲水藍色，以瓷釉繪有六個約小指尖大小的華麗玫瑰後，又在花兒圍起的正中央，以金泥繪出我們家的家徽。

紅茶的琥珀色與茶杯內側的雪白相映成趣，十分美麗。

我的心情，確實與得到了這個既新穎又稀奇的茶杯時，有幾分相似。

12

「新茶杯」比起原先想像的，更加強烈地吸引住我的目光。

貝琪小姐開始工作的那一天，天空像是神明爲了妝點櫻花紛飛的最後時節，親自揮灑出了色彩般，呈現出比明頓瓷器表面還要透明的水藍色。

準備就緒後，我拿著便當從內玄關走到屋外，只見貝琪小姐站在福特旁打開車門。

我驚訝之餘，整個人開心得不得了。她原先遮住了耳朵的髮型，已剪得比流行最尖端的時髦女郎還要短。五官鮮明立體的臉龐，看起來更加英氣凜然。

乍看之下，她與張貼在報紙小說或電影廣告上的俊美男子有幾分神似。只不過，塗了白粉的日本人總有種人造之感，我並不喜歡。但貝琪小姐身上毫無那種滑膩做作的感覺，反而十分乾爽潔淨。先前園田穿上深藍色制服時，只覺得他臃腫庸俗，但如今套在貝琪小姐纖細的身軀上，卻非常合適，顯得英姿颯爽。

車門關上後，車子在下人的送行之下發動。之前阿芳上學時也會跟在一旁，但現在不一樣。是兩人獨處呢。

「那個，關於妳呢……」

「是的。」

「爸爸都是稱呼妳爲別宮吧？」

「是的。」

家裡稱呼女傭人，多是叫名字，如「阿芳」，男傭人的話則多是叫姓氏，如「園田」。基於貝琪小姐是擔任司機此一職位，爸爸才會稱呼她爲「別宮」吧。

「我可以稱呼妳爲貝琪嗎？」

貝琪像在思索般，後腦勺微微左右晃動。也許是覺得很有趣。

「——只有我們兩個人的時候，就請小姐隨自己的心意吧。但是在其他人面前，小的認爲，還是稱呼我爲『別宮』比較恰當。」

她的嗓音宛如少年高歌般清亮。

「是嗎？」

不過，我正在暗中思索，要求雅吉大哥也稱呼她爲貝琪。

「貝琪，妳的名字『Mitsuko』的『Mitsu』，漢字怎麼寫呀？」

「就只有平假名而已。」

「如果寫成漢字的話，不知會是什麼字呢。有可能是滿溢的『滿』，或是『光』也說不定。啊啊——」

在朝陽灑落的光線之中，我自車窗眺望外頭開始躍動的帝都。

「也或許是『美麗的都市』，『美都』呢。」

「是嗎？小的也不知道呢。」

車子抵達學校。學生須知手冊中也寫道「雨天之外，搭乘交通工具時須在大門前上下車」。能夠一路行駛至玄關的，只有皇室成員。

與警衛室左右互相對稱的位置上，設有相同形狀的停車場玄關，中間有著偌大的正門。現下早晨之際，正門朝向內側大大敞開。

正面可見寬廣中庭裡的假山綠意，後方則有木造兩樓層高的西館。

「日安。」

「日安。」

我一面與友人互道早安，一面飄揚著水手服的裙襬，走向西館。

我已經迎接了這樣的春天八次。低年級的四年，而今年是中年級的第四年。

如果是華族的千金小姐，從幼稚園起就上這所學校的話，則是十年。

從明年起，我上課的建築物也會變成本館。

「這位小姐、這位小姐——」

皮鞋鐙鐙作響，從後方追趕上來的朋友急忙喚住我。「這位小姐」是指「妳」的意思。

「——您家換了新司機嗎？」

她想必是眼尖地看到了開關車門的貝琪吧。

「是的。」

「長得有點像是古柏（註29）呢！」

古柏很受歡迎。

「是嗎？」

也許是因爲從遠處觀看，對方似乎沒看出她是女性。

Mitsuko 的 Mitsu，或許有「蜜」，也有「看見」的「見」這個意思吧——腦中兀自思索的同時，我隨聲應和著。

13

「離奇！埋葬自己的男人」這個標題出現在報紙上，是進入五月之後的事。

在自殺案件、美國飛行家愛子綁架事件（註30）等案件層出不窮之下，這樁案件以離奇的角度吸引了我的目光。

「——埋葬了自己？」

車子發動的同時，我挑起了話題。就連貝琪也忍不住反問。我爲了引起她的注意，試著以報新聞的語氣述說。

「是的，就是自己鑽入洞底，再自己用土從上方掩埋自己。」

「那樣子做，身體會裂成兩半吧。」

我笑了。

「這種事情實在是不可能吧——呃嗯，其實呢，自殺地點是在戶山原（註31）喔。聽說是在高田馬場那一帶，妳知道在哪兒嗎？」

「那裡正好隔開了近衛騎兵連隊和馬路呢。另外還有射擊場和陸軍技術總部等設施，基本上算是個遼闊的平原。也有小山，以及林木蔥綠的地方。」

她立即回答。

「妳差不多都記住了東京的地理位置嗎？」

「若不通曉地理，是無法勝任司機的。爲此，也必須花時間實際走一遭，四處

註29：賈利・古柏（Gary Cooper，一九〇一－一九六一），美國知名男演員，曾獲五次奧斯卡最佳男主角提名，共奪得兩次最佳男主角獎。

註30：指一九三二年美國發生的重大綁架殺人案件，受害者是一九二七年首位單人不著陸、橫跨大西洋的飛行英雄林白（Charles Augustus Lindbergh）二十個月大的長子。該事件還被美國《時代》雜誌列爲二十世紀的二十五件大案之一。

註31：今東京都新宿區中一塊區域，以往原野上曾有練兵場、射擊場等陸軍設施。

探看。」

「原來如此——說到麴町附近，衛戍醫院（註32）的遺跡也是塊相當大的空地吧。有比那裡大嗎？」

「醫院當然是完全無法比得上那裡。」

「說得也是呢。聽說是在那邊樹蔭下一個不起眼的地方，被挖了一個洞，男人的屍體就埋在裡頭。是一個漫無目的走在平原上的醉漢，看到犬隻叫囂著，心生好奇於是走近，發現時嚇了好大一跳，才慌慌張張地去報警。」

「如此一來，是有人想把他埋起來，中途卻逃走了吧？」

作爲上學前的晨間話題，這算是相當特異的內容。

「就是這點不可思議呀。死者是早稻田大學的學生，名爲權田儀助，住在戶塚町一個名爲面影館的外租宿舍裡。他早在數天前的夜裡，就已經下落不明了——而且，消失那天的傍晚時分，他還向宿舍的大娘提出請求，希望能借他一把鋤頭。」

「鋤頭？」

「嗯。在外租宿舍的中庭，也有個小菜園，所以備有鋤頭。聽說呢，他向大娘要求將鋤頭借給他一天，說是想帶到大學去，要處理垃圾或是挖洞之類的。」

「這樣子啊。」

「雖然她心想，在這種時候借還眞是奇怪，不過，男學生說『明天一早要早起，希望現在就能借給我』，『那好吧』於是借給了他──聽說是這麼一回事。然後，根據權田先生的褲子和鋤頭上沾附的泥巴程度，似乎能確定是他自己親手在戶山原上挖出了洞穴。」

「那麼，他爲什麼會死了呢？」

「是喝了毒藥喔。洞穴旁邊遺落著玻璃瓶呢。是先將酒喝到一半，再倒入殺蟲劑的。」

「──如此說來，究竟是怎麼一回事呢？」

「假使是自殺，他前往戶山原裡不引人注目的地方這一點，我能明白。可是，特地親手挖好洞穴，又喝下毒藥栽進洞裡，這一連串動作未免太過繁瑣。然後聽說調查了這名男人的房間後，發現屋裡放著許多江戶川亂步的著作。──貝琪，妳知道江戶川亂步嗎？」

只要有在看報紙的人，即便不願意，這個名字也會躍入眼簾。這名字常常出現在雜誌和書藉的廣告欄裡。那些廣告都是使用詭異悚然的圖片，附上虐殺少女、綁架以及吸血鬼等印得極大的文字。江戶川亂步是個良家子女不該知道的人──我總有這種感覺，因此不敢隨意詢問他人。

註32：即駐地陸軍醫院。

「是位書寫偵探小說的老師吧。前陣子才出了全集，宣傳時的聲勢可是相當浩大呢。」

「對對，就是他。」

「這麼說來，權田先生是他的書迷囉。」

「嗯，非常沉迷呢。然後呀，聽說在亂步寫的小說裡，有類似於挖掘墳墓，或是將屍體埋在墓穴裡的情節。報紙上便寫，會不會是受了這個影響，他才會挖洞自殺呢。」

貝琪側過頭。

「……這樣子的說法，也很奇怪呢。」

「他經常閱讀亂步那類的書籍，應該是個古怪之徒吧。給人一種，不曉得這個人會做出什麼事的感覺呢。」

「就這麼斷定的話，他也太可憐了——那個，雖然只是偶然間看到，但今年出的日記本中有本《新文藝日記》。每個月都有作家寫下的題詞。卷頭的一月是島崎藤村，十二月則是菊池寬所寫。」

「這樣子呀。」

事後回想起來，貝琪會提出文豪藤村，以及現今紅極一時的菊池寬之名，是為了去除我先入爲主觀念的一種方法吧。的確，相較下江戶川亂步較無威望。

「三月則是由江戶川亂步負責，他寫道：『恐懼令人毛骨悚然，美麗令人唇齒打顫，五彩極光之夢正該如此』。您不覺得，是段很緊揪人心的話語嗎？『恐懼令人毛骨悚然』，這句話誰都能輕鬆地說出口吧。——可是，『美麗令人唇齒打顫』就不一樣了。我認爲他捕捉到了美這項事物的本質，且並非光是以腦袋去描述。『夢正該如此』這個結尾，由於他是作家，想必後方是接『所寫』吧。但是，不是想寫，而是想看，這樣也無所謂。無論如何，都表現出了『想去夕陽的盡頭，看看那個一片火紅色的國度』，這種像是小孩會跺腳索求般，毫無虛假的渴求之心——如果是這樣的人編織出的作品，小的實在是無法相信，會只有光怪陸離的內容——」

我大吃一驚。光是聽見她提出藤村之名與江戶川亂步擺在一起，就夠讓我意外了，沒想到她竟能滔滔不絕地說出這番話。

「貝琪，妳正在使用那本日記本嗎？」

「並非如此。」

「那麼，爲什麼會看見那段話呢？」

「方才說過了——就只是偶然間看見而已。」

貝琪眞是位不可思議的人。

14

但是，我眞正想說的，是關於自己的發現。

「然後呀，我發現到了一件事，就是『淀橋區戶塚町面影館』這幾個字好像在哪裡看過。後來想到，我是在兩、三天前，社會版下的雜報欄看到的。標題是『醉漢溺斃』，而新聞內容則是『今早，在神田川高戶橋附近發現了一名男子溺斃的屍體』。那名男子叫尾崎榮一郎，住的地方是——妳猜？」

「『面影館』，是嗎？」

「是啊。他有個壞習慣，就是平時常發酒瘋。前天晚上也是如此，他對妻子破口大罵了一頓，搖搖晃晃走出家門後，就再也沒有回去了。報上寫道，既然是個愛喝酒的男人，也難怪會在爛醉如泥的情況下，在黑暗中從橋上掉下去吧。倘若僅是如此，的確是個平凡無奇的意外。」

貝琪立即接話：

「可是——尾崎的離家，還有權田的消失，都發生在同一天晚上吧。」

「是呀。住在同一棟外租宿舍裡的兩個男人，在同一個晚上離奇死去。如果說是偶然，未免太過巧合了吧？這之間會不會有什麼關連呢？」

「小的也不知道……一般想來，最有可能的情況是吵架吧。可是，就算兩人打成平手，總不可能一個人落入了神田川，另一個人卻跑到戸山原尋死吧。」

「是啊。若說權田因爲將尾崎推落至河裡，深感愧疚而想自殺——這樣子也很奇怪呢。」

「小姐說得是。」

「總覺得，可以推敲出一個頗爲有理的假設喔。」

「那麼究竟是……」

我心頭雀躍不已。

「我想到了喔，就是——」

「是什麼呢？」

「小姐眞是壞心眼呢。」

「回程時再告訴妳吧。在這之前先行保留。」

我心情極佳地呵呵笑著。

「所以呢，貝琪，我想請妳白天去面影館一趟，問些事情。」

「小的——去嗎？」

「是的。首先第一個問題，就是尾崎的妻子是否是個美人。」

「什麼？」

「還有，出事的那一晚，尾崎離開面影館時的情況又是如何——都聽明白了嗎？那就拜託妳囉。」

貝琪頷首。

「我明白了。知道答案後，就能找出蛛絲馬跡了嗎？」

「這個嘛——貝琪妳也想想看吧。」

車輛緩緩地來到學校的大門前。出題目給比我年長的貝琪，感覺真愉快。也許弓原姑丈寫完一本精彩的偵探小說時，也是這種心情吧。

我火速坐進即將踏上歸途的車輛裡，立即開口問：

「結果怎麼樣？」

「我向外租宿舍的女主人調查表示，是某位大人物委託我調查，然後打聽到——尾崎的夫人名爲阿初，是位擁有鵝蛋臉的美人。」

我兩手一拍。

「果然！」

「這個答案很好嗎？」

「是的——還有呢？」

「尾崎當天的情況則是，他沒去工作就在喝酒，正午過後便大吵大鬧，女主人也曾經去向他抱怨過一次。而且她還很憤慨地說：『一個月前，他爲了租屋來到這裡時，看起來是個親切和藹的老實人。我完全被他給騙啦！』」

「嗯嗯。」

「至於宿舍，一走進玄關後就是女傭人的房間。那個房間附近，可以清楚看到人們進出的情況。聽說傍晚過後，又傳出了茶杯碎裂的聲響，接著尾崎便慌慌張張地衝了出去。有一名女傭人偷覷了一眼，看到阿初當時就站在玄關門口，連連喊著：『老公、老公！』」

「也就是說，模樣並非是不慌不忙吧。」

「是的。」

這時我開始說明。

「權田是位大學生吧。一名年輕的男子，見到身邊有位不幸的美女、一朵遭到踐踏的百合，他因爲年輕氣盛而感到氣憤塡膺也不足爲奇——妳不這麼認爲嗎？」

「小姐說得沒錯。」

「這正是騎士精神喔。想從暴君手中，解救出身陷不幸的女子。」

「是的。」

「於是他決定乘著夜色與尾崎決鬥。挖洞當然是爲了處理對方的屍體，而不是自己的。權田原本應該是打算殺了尾崎後再埋了他。兩人決鬥的地點就在戶山原。

然而，臨陣脫逃的尾崎卻沒有出現。其實那時候的尾崎有可能是因爲害怕決鬥，才喝得爛醉如泥。到了約定的時刻，尾崎就慌忙衝出了家門。可是，他逃避決鬥後，反而不小心掉進了反方向的河川裡。其實，如果他掉進的是挖好的洞穴，頂多是骨折，還不至於喪命。然而，認爲自己贏不了對方的尾崎，卻卑鄙地將裝有毒藥的酒瓶先送給了權田。挖完洞後感到疲倦的權田打算歇一口氣，便喝了口酒，卻倒進了自己挖的洞穴裡。」

貝琪發出感嘆。

「小姐說得眞是有道理呢。沒想到您竟然想得到這些事情。」

「這也沒什麼了不起的。」

我得意洋洋。

「——只不過，現在也無法調查這個推理是否正確了。」

貝琪彷彿自言自語般重複低喃。

「……眞的……已無法再查清是否正確了……」

應該不是因爲我得意地炫耀了自己的聰明機智吧，但之後的好一段時間，貝琪都沉著臉悶悶不樂。

15

好巧不巧，在喜劇天王卓別林莅臨日本的隔日，發生了首相遭到暗殺的大案件，頓時全國民眾的心思都聚集在案件上。

友人之間不斷肅穆地互相哀嘆：首相的家人眞是可憐哪。事件發生之初，報紙上還出現追究軍部責任的質問聲浪，但這些譴責性的報導很快就消失了。

「想必是遭到施壓吧——這陣子，很多事都惹來了不少爭議呢。」

雅吉大哥邊大搖其頭，邊念念有詞。

我的生活，一直沒有任何變化，直到放學回家的路上，貝琪拿出了一本書爲止。

「這是什麼？」

「是前些天提起過的，江戶川亂步所寫的書籍。若讓他人知道我給小姐這種東西，別宮很可能無法再保有這份工作吧。」

她不惜冒大風險，特地借了先前提過的那本書給我，讓我非常高興。

「只要我不說出去就沒事了。」

話雖如此，身爲女性的貝琪會擁有這種書，眞叫我大開眼界。

這是一本春陽堂出版社所出的短篇集。一想到那個名爲權田的男子也喜愛讀這本書，雖不覺得心情愉快，但也相對地產生了一種刺激感，像是在窺看被人警告說「別看」的東西。

換下制服後，我走進自己的房間，動作稍嫌不雅地爬上床舖後，拉上輕薄的窗簾。窗戶則繼續開著。現在白天的時間變長了，僅倚賴外頭的光線，我就能夠看上一段時間。

我倚著窗沿，翻開書頁。

從未讀過的故事，強烈地吸引著我。只是，看了一會兒後，我就闔上了書本。微暗的色彩逐漸渲染了周遭的景色。直到阿芳前來呼喚我用晚餐之前，我都在床上維持著相同的姿勢，像是結凍一般。

只有腦袋瓜子不停地運轉。

16

「貝琪，今天回程時，我想順路去個地方。」

「小姐想去哪裡呢？」

我說完後便下了車。

「——戶塚町的面影館。」

回程，車子在青山一丁目向左轉後，往北方行駛。比預期中還要快，車子已駛入了早稻田大學附近的商店街。寫著「布襪」和「大福」等字的旗幟，呈八字形自兩側的店家向外突出。有些店家會將二樓的陽台欄杆改爲時髦的西洋風格，但大多都還是擺著寫有偌大文字的招牌。

人潮擁擠，腳踏車也旁若無人地騎在街道正中央，車輛的行駛速度自然而然地減緩。

鈴蘭花形狀的電燈前，店裡的小伙計正用粗草繩綁著上頭鋪有草席的貨物。穿著短外褂的店家老闆正朝他說些什麼。

「這條街好熱鬧呀。」

「這裡是鶴卷町，就在大學旁邊。」

有一群人聚集在店門前，拿著杯子不知在暢飲什麼。

「那是什麼？」

「他們正在喝酒。」

「那裡是酒店吧——並排在店門前的是酒桶吧。」

「不，那是裝味噌的桶子。前去購買的時候，店家會先用磅秤秤重後，再賣給客人。」

「這樣子啊……」

貝琪瞥去一眼，示意我看看並排的商家。

「在這些商店後方，是一排排的出租房舍。如果是小間的民家，就僅僅出借二樓的一間房。聽說在今年春天之前，權田也是住在這附近。」

「今年春天之前——」

「是的。」

我記得，尾崎夫婦是在約莫一個月之前，才搬進外租宿舍的吧。

「面影館就在前面嗎？」

「就快到了。」

不久，兩側的一般住家數量逐漸變多之際，貝琪停下了車。

「小姐，就是這裡。」

我將額頭貼在車窗上，目不轉睛地打量。比起兩旁的住家，這間房子的寬度長了許多，周圍還立著嶄新的木板圍牆；屋頂磚瓦，以及在午後陽光照射下閃閃發亮的玻璃窗，都還非常乾淨整潔。

那份閃耀在我的眼中，映照成了一種猙獰刺眼的可怕事物。

「……果然是新房子呢。」

「四月份才正式開張。女主人還曾發過牢騷：『才剛開始經營這棟公寓，就發生了這麼不得了的大事。』」

「權田的房間是在一樓嗎？」

「是的。」

「尾崎夫婦也是？」

「正是如此——正好，他們的房間就在左邊側門的前方。」

「側門前方？」

仔細一瞧，在木板圍牆的側邊，開著一個四角形、供小販出入的側門。

「這麼說來，只要利用那個地方，就能夠離開尾崎的房間而不被任何人看到吧。」

貝琪彷彿是早已預備好了我想知道的答案，回道：

「是的。剛好在房子的側邊有個緊急出入口，所以可以做得到。」

「——走出房間後，馬上就是緊急出口。再走出去後，前方就是側門。」

「正是如此。」

我以指尖把玩著制服上的深藍色領帶：

「這附近有沒有什麼可以搬運物品的道具呢？」

「——在間隔兩、三棟屋子的前頭，有間似乎已經倒閉的書畫裝裱店。店旁就放著一輛大板車。」

「是嗎？往前去看看。」

「好的。」

那裡的確有間建築物，掛著一面寫有裱褙文雅堂、但油漆已斑駁脫落的招牌。雨窗緊緊關起，看來目前無人在裡面。

一輛大板車被塞在牆邊。貝琪開口：

「看起來，這輛大板車曾經靠在牆上，並用從屋簷上垂掛下來的繩子，綁住了長長的把柄呢。」

屋簷上的繩子呈現八字形向外敞開垂落，看來打結之處早已解開了。一旁的板牆上留有曾立著某種事物的痕跡，而那痕跡看來與大板車吻合。

貝琪說：

「——原主人想必是覺得這樣的東西，若有小孩子拿來惡作劇，可就麻煩了，所以就用懸掛的方式，將大板車綁在這裡吧。」

「這也就是說，最近大板車曾被人拿來使用——」

「看樣子正是如此。」

屋簷下還放著一綑捲起的粗草席。

一切再明顯不過了。

回到家後，我致電至位於麻布的姑丈家。聽到松子姑姑那彷若孩童般清亮的嗓音後，我向她詢問：

「這個星期天，姑丈會在家嗎？」

17

獨自一人造訪弓原家，這還是頭一遭。那裡的會客室雖然稱不上非常寬敞，但十分整潔乾淨，令人心曠神怡。壁爐上方，掛著帶有孔雀藍鮮豔色彩的馬諦斯（註33）的小幅作品。

松子姑姑邊請我喝紅茶，邊微笑說道：

「每次見到英子，都覺得妳真的長大了不少呢，都已經變成一位漂亮優雅的淑女啦。」

倘若是平常，我應該安詳和諧地和姑姑閒話家常，但今天可不能如此。

我的姑丈，子爵弓原太郎檢察官，習慣性地拉扯自己的右耳垂，說道：「還說什麼有件重要的事，感覺已經徹底長成大人了呢。」之後，請松子姑姑先行離開。

註33：馬諦斯（Henri Matisse，一八六九－一九五四），法國畫家，野獸派的始祖，以使用大膽鮮豔的色彩而聞名。

只剩兩人單獨相處後，會客室裡，大時鐘指針滴答滴答的走動聲響，不斷傳入耳中。

「——那麼，妳要和我商量什麼事？」

姑丈看來有些擔憂。表情上寫著：該不會是找我商量戀愛的煩惱吧？那可怎麼辦才好。

我該從哪裡說起呢？

「姑丈，您有在寫偵探小說對吧？」

姑丈詫異地蹙起眉頭。

「嗯，不過只是種消遣罷了。」

不僅如此，聽說今年四月起，姑丈還在地區性報紙上，開始刊登篇名爲〈殺人魔〉的連載。不過，由於書名太過不吉利，親戚之間的風評稱不上好。

「那麼，您有看過江戶川亂步這位作家寫的小說嗎？」

姑丈更加吃驚了。

「看是有看過，但——」

我啜著已快冷掉的紅茶，滋潤喉嚨。

「所以呢，我想商量的事情，是戶塚町的那起離奇死亡案件——」

「啊啊，是嗎？是指有在拜讀亂步大師作品的那個男人的案件吧。」

我點點頭。

「您知道在那名男子死亡的那一天，住在同個外租宿舍的男人，也在附近的河川裡溺斃嗎？」

姑丈微頓了幾秒。

「——英子，妳怎麼會知道這些事？」

「我看了報紙。」

「原來如此。」

畢竟是起相當奇異的案件，姑丈似乎早已掌握了事情始末。

「既然您馬上就如此回答我，表示警方也覺得這兩件事之間，有什麼關聯吧。」

「嗯，會覺得有什麼關連很正常吧。可是，兩個案件就是兜不在一塊兒，最後只能認爲是奇怪的偶然了。」

我往前探出身子。

「眞的是這樣子嗎？」

姑丈呵呵笑了。

「怎麼？英子，在玩偵探遊戲嗎？」

我不以爲意。

「在寂寥空曠的戶山原上挖洞——如果洞穴大到權田自己會掉進去，就表示那確實是用以埋人的洞穴吧。既然同天夜裡有個男人離奇死亡，那便是爲他而準備的墓穴——這種推論可說是理所當然，不是嗎？」

姑丈笑盈盈地擺了擺手。

「那是不可能的喔。權田是在晚飯之際借的鋤頭。英子妳可能不知道吧，但那個溺斃的男人——尾崎衝出面影館的時候，則是黃昏時分。也就是說，權田借用鋤頭時，尾崎人還活得好好的。」

接著，姑丈從桌上的香菸盒中抽出一支菸，然後點火。比起雪茄，他更喜歡這種簡便的香菸。

「——如果是打算殺了對方，事先去借鋤頭挖洞，這種推理並非說不通，但也很奇怪。因爲聽說當時尾崎根本是醉得分不清東南西北，醉醺醺地跑了出去。」

我慢條斯理地開口：

「那麼假設尾崎跑出去的時候，就已經死了的話，又該當如何呢？」

姑丈將正欲叼住的香菸又夾回指間。

「——妳說什麼？」

我更加慢吞吞地說道：

「如果跑出去的男人是權田，情況又是如何呢？」

「可是，他妻子當時喊著『老公、老公』——」

姑丈說到一半，又將話語吞了回去。

「沒錯。一個妻子朝著奔進黑暗中的男人背影，頻頻大聲呼叫，所以僅僅瞥見一眼的女傭人，才會認定『那就是尾崎』吧。」

「——等一下等一下。」

姑丈直接將菸捻熄在菸灰缸上。

「這麼說來，尾崎的夫人與權田是共犯嗎？」

「是的。」

「可是、可是——英子，事實上面影館這棟公寓，才剛落成不久喔。尾崎和權田搬到此處，也才一個月而已。不管怎麼說——那兩人有可能在一個月之內，就建構起足以成爲殺人共犯的關係嗎？」

「這一點，正是這起案件的關鍵。」

「咦？」

「正因爲面影館是新落成的公寓，我想才會發生這起案件。」

「怎麼一回事？」

「大學生權田，搬到了新的出租公寓——這有什麼含意嗎？他是搬到了比之前更便宜，或是比之前更靠近大學的地方嗎？」

「等等，這點不調查看看的話，是不會知道的。但——」

姑丈看似在思索面影館的價格與位置。

「……的確，就學生的出租公寓而言，面影館可能過於高級呢。」

「既然他會特地搬過去，就表示那棟面影館，肯定有著什麼特別的魅力。」

姑丈一瞬間以「眼前的人眞的是英子嗎——眞的是個女學生嗎？」的眼神看著我。

「這麼說來，權田早已和尾崎的妻子——尾崎初互相私通了嗎？所以權田爲了和她在一起，便搬了過來，再殺了礙事的男人。」

「並非如此。反而權田直到事發當天，都沒想過情況會演變至這一步吧。」

姑丈撫著頭：

「——那麼，究竟是怎麼回事？權田是爲了什麼才會搬到面影館？」

我打開自己帶來的，外頭覆著少女小說封面的書本，開始朗讀。其實裡面放著江戶川亂步的《天花板上的散步者》。

「——『所幸這棟房子才剛完工不久，天花板上既未黏著蜘蛛網，也還沒有一點煤灰與塵埃，就連半點老鼠的污穢之物也沒見著。因此完全不必擔心衣服與手腳會弄髒。他就穿著一件襯衫，在天花板上肆意行走。時節又正值春季，即便是待在天花板上，也不會覺得太冷或太熱。』」

18

姑丈將眼睛瞪得大大的，癱倒般靠在沙發上。

《天花板上的散步者》的主角鄉田三郎，是個無論做什麼都感到意興闌珊，渾身充滿倦怠感的男子。可是，這樣的他搬到新建好的出租公寓時，發現了一項驚爲天人的樂趣。那就是在天花板上徘徊，化作四處浮游的一隻眼睛，偷窺他人赤裸裸生活面貌的樂趣。

大時鐘的可愛人偶動了起來，設置的音樂叮噹作響，宣告現已三點。松子姑姑探頭進來，問道：

「老公，要替你們換壺紅茶，再準備些點心嗎？」

姑丈像是正在作夢之際被人搖醒一般，渾身一震地起身，開口婉拒。

「不，不必了、不必了。正在討論有些嚴肅的話題，再讓我們兩個人單獨相處一會兒吧。」

松子姑姑掩上門扉後再度離去。

我說：

「一個嗜讀江戶川亂步作品的學生，就算經濟上有些勉強，也要搬到新建好的宿舍去——若說他的腦海裡沒有浮現這段情節，反而才不自然吧。」

就在我閱讀完《浮華世界》後，貝琪剛好出現在我面前被我當成了那位主角一樣，權田讀了《天花板上的散步者》，想必將自己當成了主角。

「……嗯嗯。」

「假使，他如同小說中的情節，拔起天花板上的節孔，偷窺尾崎夫婦的日常生活，那又如何呢？會同情總是受到毒打的妻子，也是無可厚非的。那天傍晚，尾崎也是大吵大鬧了一番吧。當時，阿初夫人打了喝醉酒的尾崎，如果他昏倒後，再也沒有醒來的話，權田會怎麼做呢？他很有可能來到尾崎的房間，對阿初夫人說：『妳不必擔心，屍體由我來處理。只要讓別人以為他失蹤——這樣就不會有問題了。』」

「然後他就去借了鋤頭嗎？」

「可是，阿初夫人卻對權田的言行舉止感到不安。搞不好權田這麼跟她說了：『我會幫助妳，作為代價，妳要和我在一起。』於是，她就在尾崎的酒瓶裡放入殺蟲劑，抑或者，也許她原本就打算向尾崎下毒了。尾崎的大吵大鬧，也有可能是他在斷氣之前的痛苦掙扎。可是，權田並不知道這件事。然後他披上尾崎的上衣，衝向屋外，阿初夫人再從後頭出聲喚他。這樣就能製造死人還活著的假象，使人以為是尾崎自己衝進了黑暗中。權田只要脫掉上衣，就算有人看到他光明正大地從玄關走進來，也不打緊。因爲他是房客——倘若擔心的話，他只要從側門回來就成了。」

「原來如此。」

「我曾坐車從面影館前經過。在鄰近空屋的旁邊，放有一輛大板車。等到天色暗下來後，權田再抬出屍體，從側門出去，將屍體放在大板車上，再蓋上粗草席。只要有板車，要到戶山原可說是輕而易舉。然後阿初夫人將酒瓶交給了權田。」

姑丈瞥了一眼紅茶茶杯。

「——如果要挖出一個足以埋人的洞穴，即便是夜晚，也會口渴得想喝一杯水吧。」

「權田邊挖邊喝，辛勤一陣之後，藥效開始發作，他便倒進了自己挖好的洞穴裡。這時，只要阿初夫人把大板車上的屍體也推入坑裡，再從上方用土覆住，也許就很難被人發現了吧。可是，她沒有那麼做。也有可能是洞穴太小，不足以容納兩人。總之，感到毛骨悚然的阿初夫人沒有再挖土掩埋坑洞，而是直接拉著板車，在看不清腳下事物的黑暗中拔腿狂奔。她運氣極佳，沒有碰上夜間巡邏警察的盤問。可是，她總不能帶著這種東西回到面影館。而只要越過公寓再往前走，馬上就是神田川。於是她使出渾身的力量，從橋上將屍體投入水中後，便逃回家中。」

夜晚的河川就像是條墨水河流，漆黑得很。而且從大板車沒有立回原處，就只是放在原地這點看來，很像是女人會有的舉動。

「大家都知道，發酒瘋的尾崎曾在前些天大吵大鬧一番後，衝了出去。於是從河川上浮起的屍體，不會讓眾人產生任何懷疑，便直接當作是意外事故處理。」

「嗯，是啊。」

「阿初夫人想必很在意戶山原的情況吧，但又害怕得不敢再次前往。就在她猶豫不決之際，權田先生的屍體被人給發現了。我想，事情會不會就是這麼一回事呢？」

姑丈拉著耳垂，沉思了好一陣子。

「這番推論十分有可能哪。不，說不定這是可以說明這起離奇案件的唯一推論。話說回來，英子妳是怎麼拜讀到亂步大師的小說的呢？」

「是一位友人借給我的。由於會給對方添麻煩，請恕我不便告知姓名。」

「嗯……」

姑丈大概以爲對方是候爵家或是伯爵家的千金吧，便沒有再繼續追究。

就在我即將打道回府之際，姑丈顯得有些落寞地說：

「我一直以爲英子還只是個小孩子而已，但妳已經成長到會去思考很多事情的地步了呢。」

19

司機貝琪並未在下人等候室裡等候，而是在車裡等著我出來。
我告訴貝琪──我將自己的想法，悉數說給了身為檢察官的姑丈聽。
「一旦有了這些想法，就一定要說出來才行呢。」
我鬆了一口氣，又道：
「可是，眞是不可思議呢。如果不是妳偶然將那本小說借給我，誰也不會發現事情的眞相吧。」
貝琪像是在進行言語的網球賽般，立即回道：
「小姐說得是，眞是明察秋毫──」
我朝駕駛座的方向探出身子。
「欸，如果是貝琪發現到了，也會告訴警察嗎？」
「是的。雖然會有些許苦惱。」
「什麼苦惱？」
「不久前，橫濱的法院才宣告了一個判決，對一名逃回娘家的妻子，判她支付賠償金一百五十圓（註34）。理由是丈夫告她『不守婦道』。」
「啊……」

當初我想這種事情與自己無關，又是椿看來會令人不快的新聞，所以不怎麼放在心上。

「因爲丈夫沉迷於賭博，又將不好的疾病傳染給她，她才會忍無可忍逃出夫家。儘管如此，法官卻認爲『應當侍奉的丈夫，即便因爲年輕氣盛而做出了這種事情，身爲妻子的也應當服從於他。逃回娘家，即是放棄自己的職責，亦是侮辱丈夫的行爲。偏離了女人應走之正軌這一點，實在難以寬恕。』──這便是法官大人的判決。」

「……」

我想起了孩提時候，與海倫小姐一起讀過的，碧雅翠絲·波特（註35）的小巧繪本。小貓湯姆被老鼠夫妻捉住後，用麵糰將牠的身體包成圓球，險些被吃下肚。那段情節眞的是可怕得不得了。那份記憶毫無來由地在此時忽然甦醒。

「小的在想，阿初夫人直到做出這件事情之前，可能也痛苦了很長一段時間吧。還有，別宮認爲負責裁定的法官，對於妻子的要求也太過嚴苛了。」

「也許吧。」

「可是，如果她連權田先生也下毒殺害，就該負起責任。也許她是個會再犯下那種罪行的人也說不定。」

「是嗎──是呀。」

「無論如何，若想知道事情的始末究竟是怎麼一回事，就像是將自己的眼睛壓在大象身上觀察一樣，那是怎麼樣也看不清的。小姐您的推論是否說對了，也要等到調查之後，才能知道結果吧。」

「是啊。」

「這世間的事物，眞的是難以看清，又難以捉摸呢。」

翌日是星期一，近衛步兵第四連隊的士兵從上海凱旋歸來。而第四連隊的營區就在學校的正後方。

我們全體學生，從學校的中門開始列隊歡迎，以歡呼聲迎接走入連隊營門的長長隊伍。

當晚，姑丈致電予我。

聽說尾崎初夫人一見警方出現，便像是恭候已久般，一五一十地主動說出了事

註34：昭和七（一九三二）年時，一包六十公斤裝的白米價格爲八圓二十錢（一圓＝一百錢），一瓶牛奶七錢，搭乘計程車一・六公里僅要三十錢，所以一百五十圓可說是一筆鉅款。如果以物價指數換算，當時的一百五十圓約等於現在的十三萬三千圓。

註35：碧雅翠絲・波特（Helen Beatrix Potter，一八六六－一九四三），英國繪本作家，代表作爲《彼得兔》。

情經過。

我邊注視著自己映照在電話室玻璃窗上的倒影，邊聆聽姑丈說話。

事情經過，大致與我想的相同。阿初夫人再也受不了與尾崎一同生活，便一時衝動地在酒裡加入了殺蟲劑。尾崎喝了酒後痛苦掙扎，向她撲來，她推開尾崎並拿起桌上的紙鎮砸向他。這一幕，卻被意想不到的上方之眼看見了。

天花板上的散步者權田，以爲動也不動的尾崎是被活活打死了，於是他提議幫忙收拾善後。

雖然權田並未提出任何要求，但阿初夫人感到異常驚恐，便將毒酒裝進瓶子裡交給權田。

見到警察到來，阿初夫人再也隱忍不住，一股腦兒全說了出來。

我掛上話筒，走出狹小的電話室。

也許是因爲天空的陰霾久久不散，明明是五月，日落之後卻突然冷了起來。

回到房間後，我坐進沙發將抱枕抱在膝上，幽幽地仰頭看著天花板。我並不是在想：天花板上，會不會有別人存在？

——而是想著，蒼天之眼。

如果眞的有雙眼睛在注視著我們，那麼我們日常生活的一言一行，映照在那雙眼睛裡時，究竟會呈現什麼模樣？

Ginza Hatcho

銀座八丁

1

「這樣看過去，那根分針也幾乎跟妳一般大了呢。」

雅吉大哥說話時，還像在轉動圓盆似的，兩隻手將拿在胸前的硬殼平頂草帽轉來轉去，並且目不轉睛地仰望著正前方更加巨大的圓盆——也就是大時鐘的錶盤。說不定他正想像著我變成了分針，指出現在是幾時幾分的畫面呢。

天空一望無際，寬廣到讓人壓根兒想像不到這裡是銀座。沒有任何遮蔽視野的事物，我可以清楚地看到鴿子群在西方徘徊飛翔，忽遠忽近。

若轉頭看向身後，從東京車站出發的列車，看來就像是個模型；若倚在寬幅遠比大桌還要長的外壁上看去，遠方的東京灣，就像是在黯淡的色調中放置了片銀箔般，閃閃發亮。

連日來天氣陰鬱，就像是有張糯米紙覆蓋在頭頂上方一般，很有六月的氛圍。即便如此，比起站在狹隘的地面上，從這裡看見的世界還是明亮得多。若說站在此處彷若立於雲端之上，也許有些誇大，但眼下的高度可是不容小覷，畢竟這裡可是七層樓高的建築物屋頂。

我們所在之處，是服部鐘錶店於頂樓所建的銀座新地標——大鐘塔的前方。

「近看之後——遠比原本想像的還要巨大吧？」

負責導覽的店方人員，仰望著引以爲豪的鐘塔，自傲地說道。

「你說得沒錯。光是這個外型，就已經是一座宏偉的大型建築了。」

大哥這句話並非毫無道理。假使拿掉了時鐘，這座塔也是一座巨大的石造亭子。這棟建築物氣勢磅礡，光是高度，至少也有三層樓高。就算把它放入廣大的庭院中，這棟建築依然會巨大到讓人無法忽視。裝設於四面牆上的錶盤底下，是綴有鏤空藤蔓圖樣的黑鐵壁面，與白色巨石的樸實無華呈現出強烈的對比。

由於鐘錶店這棟建築本身並不高，自下方仰望，無法看見上方的鐘塔，正好與「燈下黑」的情況相反。拉開了些許距離後，我才能將全景攬進視野裡，鐘塔也映入眼簾。

這座緊鄰道路建造而成的鐘塔，正好爲嶄新的建築物增添了顯著的特點。雖說鐘塔才剛落成不久，但經由報章雜誌的多次報導，我早已看慣了。可是，就像是銀幕上的明星，縱然出現在螢幕上，仍是顯得似近若遠，所以我從來沒有想過，要實際來到可以觸碰它的地方看看。

然而，爸爸在新大樓竣工之際，服部社長邀請他前往參觀，他欣賞之後大感佩服，返回家裡後要我們也去瞧瞧，並爲我們打了通電話。

多虧如此，我們才能像現在這樣，上來到一般人無法抵達的地方。

「那麼，我們進去裡頭看看吧。」

導覽人員走上共計八階的石梯，爲我們打開偌大的門扉。鐘塔內部是空心的大洞，走入其中，有種彷彿進入巨人肚裡的錯覺。

內部立有四道貼著枯草色瓷磚的支柱，像是哨兵般，包圍住中央的巨大時鐘機器。仰頭可見的高處，裝飾著紀念上樑儀式的黑色匾額。匾額上列有包含服部社長在內的相關人士、相關公司行號的名字。

左手邊的圓形鐵柱上鑲有螺旋狀階梯，能夠走到上面去。縱使走這樣的樓梯會被人斥責不端莊，但都已經到這裡來了，我也只能上去。我讓兄長先行，自己壓著衣襬，雙腳踩著草鞋，一階一階地往上走。

「喔——這幅景色還眞是有意思呢。」

大哥發出驚歎聲。站在最頂端，可以看見靠近銀座大道這一側的風景。而從遠處觀看時覺得纖細婀娜的藤蔓圖樣，近距離細看之下，卻像是成人曲起了黑色巨臂，抑或像是巨龍扭轉著身軀一般，竟顯得妖魅詭譎。

自那彎彎曲曲的空隙間，可以俯瞰尾張町十字路口的熙攘人潮。那是在日本當中屈指可數的繁華情景。

「——這樣看來，那裡正可謂是地上人間呢。」

車輛來往交錯，又有大匹人龍從京橋或新橋的方向走來，爾後逐漸遠去。老爺爺老婆婆、時髦男孩、時髦女孩、貴族少爺千金一定也混在其中。那些小巧的頭顱，彷若是流水般不斷地奔騰湧動。

假如當中有個人仰頭看向鐘塔，絕不會想到，此刻正有人從鐘塔裡低頭看著自己吧。我頓時有種感覺，自己像是化身成了不可思議的天空之「眼」。在天花板上散步、注視著下方他人生活狀態的男人，也是這樣的心情吧。

自築地延伸向日比谷的道路，與銀座的馬路互相交叉。以往這條道路並不寬敞，但在不久之前，已擴建成三十六公尺寬的大馬路。因此尾張町的十字路口，如今儼然成為銀座的中心地帶。

而建在此地的鐘塔，今後將會成為這個地區，以及從大地震當中復興重建的新東京的象徵吧。

導覽人員伸手觸向臉頰旁的牆壁上，一處有著平緩弧形的時鐘局部。

「天色暗下來之後，便會有燈光從內側打在圓盤上。倘若在夜裡照相，就會看到半空之中，飄浮著圓形的錶盤，乍看之下就像是滿月一樣呢。」

沒錯——那個有著圓弧狀的區塊，正是從內側見到的錶盤。我置身在鐘塔內部，又因為內部過於巨大，一時間竟差點忘了眼前的物體是個「時鐘」。

從狹窄的室內來到屋頂後，我不由得鬆了一口氣。

銀座道路的另一邊，百貨公司並排林立。不過，這一側並沒有特別高聳的建築物。原來如此，難怪在天空中發光的圓盤，看來會像是滿月了。

我旋身向左望去，前方的教文館大樓正在興建當中，而鋼筋的前端束成了細長的形狀，就像是筆尖一般。在那個高個子先生竣工之前，服部鐘錶店就像是佇立在孩子隊伍裡的一名大人呢。不不，若是有人站在隔著一條馬路的三越百貨屋頂上，對他而言，我們這裡也是俯瞰的一部分。

「錶盤各自面向東西南北四個方位。」

長相憨厚老實的導覽人員，像個專家般，花了很大的功夫爲我們說明機器的構造。但是，讓我留下深刻印象的，卻是建築物使用了何種石頭的說明。

「這是花崗岩的一種。姑且不論這裡，就連下方樓層客人可以看見的階梯壁面，石頭也是一磨再磨——是的，厚度都磨到幾近只有一寸。倘若兩位仔細觀察，就會發現從白皙的內側裡，略微透出了淺桃色的色彩——」

聽他這麼說，我不由得想：這可眞是精雕細琢啊。

進入鐘塔時，我們是從側門搭乘電梯，但回程則是走階梯來到六樓。六樓是員工食堂。由於當下正好介於午飯與晚飯之間，食堂裡顯得冷冷清清。僅有兩人身穿西裝，於角落的中型餐桌相對而坐，似乎正在商討某件事情。

好幾扇縱長型、頂端爲半圓弧形的窗戶，朝尾張町十字路口的方向並排在一起。這是間明亮、寬敞的房間。感覺若在這裡吃飯，午餐似乎也會變得格外好吃。

走下至四樓之後，我們便揮別導覽人員。四樓以下就是店鋪。這間店不只陳列鐘錶，上至美術工藝品下至餐具雜貨，各式各樣的物品皆放在櫥窗裡展示。看著看著，就覺得心情愉悅起來。

2

在階梯的樓梯間，以及賣場的各個重要定點，都放有偌大的立式老爺鐘。只見裡面的鐘擺悠悠地盪來盪去，宣示著時間的流逝。

雅吉大哥踩著塗成白茶兩色的時髦鞋子，走下階梯。我因身穿和服，走路時得要不疾不徐。我朝大哥穿著西裝的背影喚道：

「欸，雅吉哥哥，你是專攻文科的吧？」

「幹嘛，英公？待在外面的時候，你不是應該保持優雅端莊的形象嗎？」

「你說話眞是討厭呢。至少叫我英子吧。」

「榮枯盛衰是世間的常理。」（註1）

「一點兒也不好笑。」

就算批評大哥的笑話無聊，他也不以爲意。

「那麼，文科怎麼了嗎？」

「想向你討教一個漢字的讀音。」

「喔——眞是令人驚訝。」

「是森鷗外（註2）翻譯的《即興詩人》，上集第一百一十六頁，第三行，從上數來第十七個字。」

大哥背對著階梯扶手上S形的藤蔓圖樣，霍然轉過身來。

「若聽到這一番話，連鷗外先生也會大吃一驚吧。怎麼會出現那樣的數字排列呢？」

我也停下穿有草鞋的雙腳。

「這是有原因的。現在學校裡正流行喔。」

「還眞是奇怪的流行哪。」

光是這樣，大哥不可能會明白吧。

「這是暗號喔。」

「啥？」

註1：日文中英公與榮枯的發音相似。

註2：森鷗外（一八六二—一九二二），日本明治至大正年間的小說家、評論家、翻譯家、醫學家、官僚。他也是二次大戰以前與夏目漱石齊名的文豪。

大哥看來更是一頭霧水。

「雖然不曉得是哪位小姐開始起頭的就是了。作法是：兩個人先一起決定好一本關鍵書，再交給對方對應第幾頁第幾行第幾個字，三個數字排在一起的暗號。如果是擁有同一本書的人，只要打開書本查看，就能知道是哪個字。可是，只要不知道關鍵，任誰也解不出來。」

「原來如此，只要逐一解讀並排的數字後，再串連起來，就會形成像是『你．好．啊』這樣的句子吧。」

「沒錯。」

雖說是秘密書信，但內容並不是什麼害怕別人知道的事。就只是覺得「交換他人不懂的書信」很有趣。

「千金大小姐們還眞是閒得發慌啊。」

「大哥你不也一樣嗎？看起來也不是很忙碌呀。」

大哥沒有回答。

「那麼，現在妳正和某個人用《即興詩人》這本書，在玩交換書信遊戲囉。」

「是的。有川小姐提議我們也來玩玩看，於是決定了一本雙方恰巧都有的書來當解讀書。」

《即興詩人》雖是明治時期的書籍，但書名十分羅曼蒂克，很適合女學生交換書信時使用。

「鷗外先生大概料想不到，自己的作品竟會被拿來做這樣的用途吧——那麼，這次是哪個字呢？」

「部首爲金，旁邊是表裏一體的表。」

「等等。」

大哥用指尖在掌心上寫下「錶」。

「怎麼樣？」

「如果部首爲『人』，就是俵了呢。」

「沒錯。乍看之下是很簡單的字吧。」

雅吉大哥撇下嘴角、瞇起眼睛，似乎正在沉思。其他紳士淑女從我們身旁走過，令我焦急起來。

「欸，我們走吧。」

大哥萬分懊惱地開口：

「妳是早已知道才來問我的吧。因爲書上至少會標著讀音啊。」

「你眞是明察秋毫。」

「可別跟我說喔。我會去查的。」

「眞是不服輸呢。」

來到地下室後，大哥去欣賞煙斗，我則瀏覽了電動留聲機。約略參觀之後，我們走向停在大樓後方的車輛。

大哥已與大學友人相約在某處碰頭，接下來準備去歌舞伎座（註3）。聽說歌右衛門飾演淀君的《桐一葉》正在上演（註4）。

「你們會去銀座晃晃吧？」

「可能吧。」

「也帶我去嘛。」

「不行、不行，我會被罵的。妳就回去，老老實實待在家裡吧。不過，千疋屋（註5）的桃子口味雪酪還眞是好吃呢。」

「哎呀，是嗎？」

「還有啊——說到銀座的知名景點，當然就是日落之後的夜市啦。在大馬路的另一邊，從京橋直到新橋（註6），數百個攤位一字排開。物品琳瑯滿目，什麼東西都有，眞是熱鬧得不得了呢。但還是不行，不能帶妳去。」

「你眞是壞心眼。」

今日我所繫的腰帶上，繪有著眼睛偌大的蜻蜓。假使能像這些蜻蜓一樣，無拘無束地到處飛行，想必很有趣吧。但是，我身爲「良家婦女」，是不能走進喫茶店，或是在夜市裡信步閒晃的。

大哥得意洋洋，莫名快活地哼著歌。

「——要不要一起去銀座八丁呢？」

「那是什麼，流行歌嗎？」

「這是民謠啦，民謠。」

只注重流行事物的我，根本沒聽過那首曲子。

走過服部鐘錶店的轉角之後，貝琪一見到我們，便動作迅速地下了車，打開後座的車門。

3

那麼再會啦——雅吉大哥揮了揮手。貝琪鞠躬行禮後，發動車子。

註3：即傳統的戲院。

註4：《桐一葉》是坪內逍遙所寫的歌舞伎劇本，以關原大戰後的大阪爲舞台，描寫豐臣家忠臣片桐且元的苦澀一生。歌右衛門是歌舞伎名門的世襲之名，當時飾演淀君的是第五代中村歌右衛門。淀君即豐臣秀吉的側室，本名茶茶，爲織田信長的外甥女。

註5：位於銀座的高級水果店。

註6：兩地相距約一公里。

六月一日一過，東京街頭就像是黑紙翻面一般，變成了一片雪白色。不管天氣是冷還是熱，大家都會配合時節進行衣服換季。無論是學生、警察、海軍，全都穿起了夏天制服，讓整個社會變得色彩鮮豔。

當然，貝琪穿著制服的背影，如今也是涼爽的白。

「如果是以前的福特，只有司機一人的話，是無法發動引擎的。」

「啊，我在卓別林的電影裡有看過。要有一個人到前面去，用一個像是彎曲的方向盤的東西，插到車子裡，然後再不停地旋轉。」

「是的。一邊請另一個人旋轉，一邊又要在車內拉起阻風門（註7），使車子發動。」

雖然不曉得阻風門是什麼，但並不會妨礙我掌握對話的動向。

「眞是日新月異呢。說到卓別林就想到電影，而電影也是如此，現在已經是有聲電影的時代了吧。」

「各式各樣的事物，都會愈來愈推陳出新。」

「銀座也是吧。」

這時，我想起了向大哥提出的考題。

「——欸，部首爲『金』，再加上表裡的『表』，妳認爲這個字怎麼唸呢？」

「別宮不清楚。如果是『金』邊加上『家』的話，就有可能是指三井先生和安田先生吧（註8）。」

貝琪故意開玩笑。

「這不是謎語。我是認眞的。」

「是這樣嗎？那麼，寫成平假名，大概是三個字吧？」

我心頭一跳。

「是這樣沒錯。」

「金屬是其材料之一，表是表示或顯示什麼。既然如此——雖是瞎猜，不知是否是唸作『tokei』（註9）？」

我拍了拍手。

「——好厲害。」

「猜對了嗎？」

「是的。」

貝琪沒什麼大不了似地開口：

註7：發動機中化油器的啓動裝置。

註8：日本昭和時代的四大財閥爲三井、三菱、住友和安田，所以此處指有錢人。

註9：原文爲とけい（tokei）。日文當中並無「錶」這個字，由於在中文裡的意思是時鐘、手錶，《即興詩人》中便將讀音訂爲日文中也有時鐘之意的「とけい」。

「因爲小姐剛才去的地方是鐘錶店呀。」
「話是這麼說沒錯——」
我告訴她提問的字，是出自於《即興詩人》這本書，還有學校裡正流行的暗號交換遊戲，以及錶一字可以列成「１１６．３．１７」這三組數字。
「您記得眞是清楚呢。」
貝琪對我表示佩服。
「其實啊，我本來是打算將參觀鐘塔一事，當作是明天的交換暗號。這麼思索的時候，剛好翻開《即興詩人》的書頁一瞧，就有一個字是寫作『錶』。我心想這個字很不錯，就抄下了數字。再仔細一瞧後，發現可以用諧音的方法讀成『好人阿六，眞好』（註10），所以就記住了。」
「『阿六』是人名嗎？」
「大哥的朋友當中，有人叫這個名字。」
「原來如此。若將數字的『６』和『３』替換成『阿六』，也是一種暗號呢。」（註11）
「眞的呢——對了，如果是英文，『發現』是『discover』對吧。取出 cover 後，意思就是可以看見覆蓋物底下的東西喔。」
「原來是這樣子啊。」

在十字路口的號誌燈下，原本暫時停下的車列又再次前進。

「要是上面蓋著東西，就會想要拿下來看看，這是人之常情呀。暗號交換遊戲也是，如果只看數字的話，根本摸不著頭緒。可是逐一解開之後，就會慢慢地看見其內容。好比是濃霧散去一樣，就是這點讓人開心。」

「原來如此。」

「可是——」

我在椅背上挺直背脊。

「我決定不寫鐘塔的事情了。」

「這是爲什麼呢？」

「要是寫了出來，一定會很快流傳開來。屆時有可能大家就會嚷著：『我也要去、我也要去。』就像是，有時就算不想吃東西，但看到別人在吃，就會突然變得很想吃吧。這樣可就造成店家的麻煩了。要讓誰進去、不讓誰進去——這種抉擇實在太困難了。店家也會很傷腦筋吧。」

沉默幾秒過後，貝琪的後腦勺微微晃動。似乎是在點頭。

註10：116・3・17的日文可讀成「iiroku san iinana」，與「好人阿六，眞好」的發音相同。

註11：日文的6和3連讀起來，等於阿六。

「能夠侍奉說出這種話的小姐，別宮眞是個幸福的人。」

「哎呀，妳說得太誇張了。」

「不。小的認爲，與小姐的年紀和立場相似的人之中，能夠如此體貼細心的人相當少見。」

我不由得有些志得意滿。

「那倒也不見得——可是，如果不是聽見別人提起的話，一般人壓根兒不會想到，要去服部鐘錶店的頂樓參觀鐘塔吧？」

然而，出乎我的意料，貝琪卻說：

「小的倒是想去看看呢。」

「哎呀，妳的好奇心還眞旺盛呢。」

「是嗎？」

「妳想進去裡面看看嗎？」

「不，內部應該只有機械零件吧。比起這個，我指的是小姐方才說的『拿掉覆蓋物確認』的心情。」

「咦，爲什麼呢？若不進去裡面，就只是去旁邊而已囉。但那樣是要確認什麼呢？當然，鐘塔確實是比想像中要大，但只是看看的話，從下面就看得見了吧。」

但貝琪說：

「鐘塔一共有四面對吧。」

「嗯，聽說整齊地朝向東西南北四個方向唷。」

「嗯——然後，鐘塔是斜向的吧。」

的確，由於南面是向著十字路口的轉角處，所以整體是斜向的。

「那又怎麼了嗎？」

「倘若四角形的塔，建造的方式就像是在桌子一角放置箱子般，那麼很容易就能看到四個面。只要繞著行走便成。可是，鐘塔若是建成斜向的，就很難看見背面那一側。大家看見的，大抵都是設計相同的三個面。」

我吃了一驚。經她這麼一說，確實是如此。

可是，會有人仰頭望著服部鐘錶店，腦中卻在思索這種事情嗎？倘若能看見的三個面，右邊是藍色，正面是紅色，左邊是白色，大家肯定會想，那麼剩下的最後一面是什麼顏色呢？可是，既然看見東、南、西三面都是相同的模樣，那麼關於最後一個看不見的面，通常都會直接忽略吧。

貝琪接著道：

「如果有人想確認這件事，就得走到京橋或是日比谷，再行眺望，但這樣也只能窺看到冰山一角。別宮從那座鐘塔落成之後，還未曾走在銀座的街道上過。開車的時候只能看見正面，車頂也會阻礙到視野。而且小的也不能一邊開車，一邊不自然地歪著腦袋仰頭觀看。」
這話說得也是不錯。
「——對於鐘塔這種建築物，別宮並不了解其中的構造。也不曉得構造上，是否得在四個面都裝設錶盤。恐怕，背面那一側也是相同的模樣吧。可是，看不見的那一面，也許有可能只是一面牆壁，設有通往機械室的入口。也許後者的做法比較合理也說不定。不論怎麼想，就只有這件事別宮無法知曉——所以才會想要知道。」
聽她這麼說，的確沒有錯。這世界上有許多的謎題，也許就是像這樣，從一開始就已遭到世人的忽略。
「如果妳跟我說的話，我就會帶妳去了呀。」
貝琪用微笑般的嗓音說道：
「別宮太惶恐了。由於現在已要返回府邸，小的才會說出口。別宮就算沒能上去，也不要緊。總有一天，我想緩緩信步走著，從下方親眼確認。」
「可是，我已經知道答案了喔。我已經替貝琪親眼確認過了，可以告訴妳喔。」
「謝謝小姐。」
「在北面，也有時鐘喔。」

「是這樣子嗎？」

「裡頭有道能進入塔內的石梯，還有一扇門喔。可是，四個面幾乎都是相同的設計唷。」

「聽您這麼一說，別宮有種小姐爲我揭開了面紗的感覺呢。」

是嗎——我暗暗心想。我所看到的，是許多人目光觸及不到，位在暗處的時鐘嗎？重新察覺到這點後，頓時覺得這眞是意外的收穫。

儘管道謝的人是貝琪，我卻覺得反而是自己從她那裡得到了某些東西。

4

收音機裡，正播放著關於社會情勢的演說。

內容在講述美國目前經濟蕭條的情景（註12）。就連人稱世界第一的克萊斯勒大廈（註13），空房率也非常高。走在街上，死皮賴臉地向人討錢的人，聽說比日本

註12：指一九三二年的經濟大恐慌。

註13：位於紐約曼哈頓東部的摩天大樓，高三一九公尺，直至一九三一年帝國大廈完工前都是世界最高建築。

還要多。一般美國民眾的心情，與日本文化文政時期（註14）的頽廢模樣十分酷似。大夥兒工作一結束，就去看戲、看電影、跳舞，追求剎那間的快樂；音樂方面，流行的是爵士樂，聽說基調都是千篇一律的悲調；電影的話，則以《摩洛哥》那種風花雪月的浪漫風格爲主；書籍方面，偵探小說和單純的戀愛小說大受歡迎。廣播又說，流行的事物還有詐欺廣告——雖然是不便對女孩子說的字眼——與色情。

我詢問隨意躺在長椅上、聆聽廣播的雅吉大哥：

「日本的情形又是如何呢？」

他難得以認眞的語氣回道：

「好像還挺糟糕的吧，種米的人吃不到米。話雖如此，地主似乎也有地主的難處。他們的收入並不如我們想像中的多，卻又無法減少開銷，所以爲了保住顏面生存下去，似乎也不容易哪。」

一想到自己安安穩穩地過著好日子，我不禁湧上過意不去的心情。但就算如此，也不曉得自己該做些什麼才好。

大哥撐起身子：

「——對了對了，說到爵士和跳舞，有個人對此倒是很熱中呢。」

「大哥的朋友嗎？」

「並沒有親密到算是朋友的地步，但偶爾會說上幾句話。是個姓由里岡的傢伙。」

眞是優美的姓氏。

「好像曾在哪裡聽過呢。」

「他是子爵的兒子。」

據說那個人被我們學校的男子學院開除學籍，後來轉至大哥就讀的大學。負責男子學院主辦的舞會開場這件事本身沒有問題，但是當時，他卻叫了舞廳的舞孃過來。這件事令學校當局震怒不已，因此勒令他退學。原來如此，如果是這件事的話，我也略知一二。

跳舞的話，從去年起我也開始不定期地習舞。無論是我們家，還是他人府上，都會召開舞會。就讀大學時便去舞廳的人也是所在多有，甚至還有華族大人與舞孃結婚的例子呢。

但是，叫來聲色場所的女子參加男子學院舉辦的舞會，實在太過荒唐，他再怎麼解釋都沒用。

大哥昨天似乎就是前往那個傳聞中的舞廳，並在那裡遇見了由里岡先生。

註14：文化文政時期（一八〇四—一八二九年），由於當時幕政紀律鬆散，以江戶爲中心，日本全國瀰漫著太平享樂的風潮。

「哎呀，你不是和朋友去了歌舞伎座嗎？」

昨天明明還問我「要不要一起去呢」，結果自己卻去了舞廳。看來比起觀賞桐一葉跳舞以知天下之秋，他選擇了讓自己去跳舞。

「這就是所謂的計畫趕不上變化。」

「所以由里岡先生在那裡跳舞嗎？」

「比起跳舞，那傢伙更擅長的是吹奏。」

「吹奏？」

「不是吹牛喔。是吹薩克斯風。」

「薩克斯——？」

我的腦中浮不出任何影像。

「那是一種樂器。在老頭兒們的眼中看來，薩克斯風就像是西洋喇叭吧。」

華族的女性，大抵都會學習彈奏樂器，當作一種嗜好。不過，會演奏樂器的男性也不罕見，還有不少人會在自家宅邸舉辦演奏會。

「他原本好像是學單簧管，直到某天被外國唱片裡傳出的薩克斯風音色給迷住，才改學薩克斯風的。說起來，三、四年前在日本青年館裡，曾經辦過一場大學生的爵士樂團演奏會。」

「這我就不知道了。」

日本青年館就位在學校附近的明治神宮外苑。我們學校旁邊則是神宮球場。音樂教室的正北方，就是棒球場的打擊區。走在棒球場及近衛步兵第四連隊之間的道路上，不久就能抵達日本青年館。那裡經常舉辦各式各樣的活動。

「當時女孩子們似乎蜂擁而至呢。」

如今也是如此。但三、四年前的我還是個小丫頭，父母根本不可能答應我去那裡。對於爵士樂，我大概只知道那好像是一種很熱鬧吵雜的流行音樂。

「聽說由里岡那傢伙參加了演奏會之後，自信心徹底被擊垮了。之後便找了一位上海歸國的樂團成員爲老師，孜孜不倦地學習。聽說有不少紈絝子弟都在玩爵士樂。一旦迷上了，之後就沒完沒了。當中甚至還有人在家裡，購置唱片的錄音設備，打算親手做一張自己的爵士唱片。」

這就是流行。就連不諳世事的我，也在無意之間，知道了某首以「往年那令人眷戀的銀座之柳」開頭的歌曲（註15），中間有著「聽著爵士起舞」這句歌詞。

「由里岡先生的老師，在那個舞廳的樂團裡工作嗎？」

「沒錯。接下來的話，可得小聲點兒說。妳可千萬別在外邊多嘴喔。」

我猛然向前探出身子。

註15：指《東京進行曲》。

「那是當然！」

大哥挑起單邊的英眉：

「怎麼覺得有點危險。」

「你放心吧。」

我鏗鏘有力地聲明後，大哥才壓低音量道：

「我看到由里岡那傢伙的時候，他還老老實實地在跳舞。可是一經我們試探之後，他就馬上高高興興地聊起薩克斯風。過了不久，他就叫我們等一下，不知跑到了哪兒去。接著，忽然有人拉我的袖子。我還在想是誰呢，原來是那傢伙的老師，留有類似羅納．考爾門（註16）的鬍子，名字叫作班．飛田的男人。因爲他打扮得很不起眼，我才沒認出來。嚇了我一跳呢。」

「究竟是怎麼回事？」

「飛田向我靠過來，說道：『少爺要我傳話，請您好好聆聽這場演奏。』我仔細一瞧，由里岡竟然在樂團成員裡頭。他穿著飛田那件閃閃發亮的服裝，混在其中。不知道什麼時候，兩個人調換了位子。」

「哎呀。」

「他看著我們這裡，嘻嘻笑著。這個嘛，想必是花了錢就能姿意而爲吧。可是，畢竟現場還有觀眾，不管他再有錢，要是沒有點本事的話，樂團也不會讓他上台的吧。因爲會有損樂團的聲譽啊。」

「那麼，之後怎麼樣了？」

「我跟妳一樣，對於音樂是一竅不通。」

「哎呀，這倒是眞的。」

「可是，我至少聽得出由里岡那傢伙的水準，絲毫不輸給那些職業演奏者。不，簡直可說是不相上下。」

「哎呀呀，那可眞是厲害呢。」

這稱得上是一則令人敬佩的奇談呢。

「可是，縱然只是消遣，但如果『由里岡家的兒子參加了舞廳的樂團，還吹著西洋喇叭』這種傳聞，傳進了那些思想迂腐的大人耳裡，想必不會得到正面的評論。畢竟這也不是什麼孝順父母的行爲。」

說到這裡，大哥忽然話鋒一轉：

「——對了，妳知道桐原麗子嗎？」

註16：羅納·考爾門（Ronald Colman，一八九一－一九五八），美國男演員，第二十屆奧斯卡最佳男主角獎得主，特徵是削得短短的俐落鬍子。

5

這已不是知不知道的程度了。

在我們學校裡，有著「××宮樣大人的學年」（註17）的說法。同學年當中有皇族就學，在我們學校並不是件稀奇的事，因此，與其說出是哪個學年，不如直接說宮樣大人的名字，更加簡單明瞭。

可是，當然也有某學年度沒有宮樣大人入學的情況。大我們兩屆的高年級二年級，就是如此。但是，這個學年卻不愁怎麼稱呼，一句「桐原大人的學年」就能明白。

桐原侯爵家是屈指可數的超級大名，可說是無人不知無人不曉。與我同班的道子小姐，是侯爵家的第二位千金。她的五官如同精緻的日本人偶，據說是像母親。

相對地，高年級二年級的「桐原大人」，則爲長女麗子小姐。她已儼然成了該學年的指標，是位集眾人目光於一身的人。

照片中見過的陸軍少將桐原侯爵，也是位鼻梁挺拔的美男子，由此看來麗子小姐是像父親吧。雖然我只是偶爾因他人驚喊而從遠處看去，或是外語集會時坐在客座上，看著她背誦法語，也必須承認，她眞的是美麗得令人屏息。可是，她並不是那種會被放進貼有「侯爵家千金」標籤盒子裡的纖纖弱女子。她的柳眉與眼神都非常銳利。若說她的美貌是銳角式的，不知是否恰當？

我們經常被叮囑，就算校內有著那般富有魅力的人物在學，也絕不能心浮氣躁，或是吵鬧喧嘩。可是，面對這樣美麗的大人，實在不可能無動於衷。聽說麗子小姐就讀中年級時，經常收到高年級學姊們寫給她的熱情書信呢。

「『桐原大人』，儼然是一種偶像了呢。」

僅有高官貴人會閱覽的《華族畫報》雜誌上，會刊載家世為伯爵以上的千金少爺們的照片，以及個人介紹。雖然不敢明目張膽地說，但我覺得那本書有點像是百貨公司領班拿給客人觀看的樣品冊。也就是說，達官貴人膝下若有到了適婚年齡的兒子或女兒，就會翻開此雜誌尋找合適的對象。

但是，就算不看那種東西，所有人也都認得桐原家的麗子小姐。聽說她的照片還曾登載在婦女雜誌等書刊上。

然而，大哥卻像是冒冒失失地走進神殿般，無禮地開口：

「由里岡那傢伙，居然說麗子小姐搞不好對他有意思。」

「咦咦？」

註17：日本人對皇族的敬稱為宮樣。

我不由得發出了裝模作樣的驚叫聲。

「聽說他去了桐原家舉辦的春季園遊會。當時麗子小姐特地出聲喚住了他。不曉得她是在哪兒聽說的，知道了由里岡很擅長吹薩克斯風，便希望他能吹奏曲子給她聽。後來他赴約前往，面對面地爲麗子小姐吹奏樂曲，據說她當下聽得非常入迷，目光也柔情似水。據他所說，那副模樣絕對是非比尋常。」

也許由里岡先生是個對自己演奏技巧十分自負的人，但除此之外，他未免想太多了。

「眞是愚蠢至極。」

「自那之後，他好像又數次受邀前往。」

我用力地搖了搖頭。

「對方只當他是個代替唱片的演奏家，揮之即來呼之即去而已吧。我們校內學生早就在說：『麗子大人一定會嫁給某個皇族，變得高高在上——成爲公主。』」

不如說，這是世俗的常識吧。有些千金小姐在與我歲數相當，也就是到了十四、五歲之時，便已決定好了親事。因此，不再繼續往高中升學，一待本科教育結束後就結婚，是非常普遍的情形。麗子小姐那般的身家，肯定早有很多人上門提親了吧。

「妳的意思是，她不可能會對子爵的浪蕩兒子有意思囉？」

「那是當然的吧。身分地位差太多了。大哥的朋友全都像他那樣，是愛做白日夢的人嗎？」

「喂喂，妳這話也太過分了吧。」

「對了，你說過『在銀座相約見面』的——」

那是個戴著圓框眼鏡的人，來過家裡好幾次。是大哥的文學院同學，與大哥很合得來，最近不管去哪兒，兩人都會一塊去。

「大町嗎？」

「對對對，大町六助先生。你是和那個人一起去舞廳的吧？」

「是啊。對了，說到大町，襯衫——」

「咦？」

大哥話說到一半卻頓住。這吊起了我的胃口，我於是反問。但大哥只是含糊地帶過：「不，沒什麼。」

襯衫怎麼了嗎？

6

俗話說得好——說曹操，曹操就到。這是數天後的早晨發生的事。

我從有川小姐那裡收到了交換暗號的書信。對於這種無謂的通信，我們兩人也開始厭倦了。然而這一天，我收到了另一個人寫給我的信。

桐原道子小姐走進教室裡，細長的雙眼朝我掃來：

「日安。」

她的視線帶著探問的意味，因此我走至她身旁。她立即小聲道：

「……要一起去洗個手嗎？」

洗手是上廁所的含蓄說法。

有什麼事嗎——於是我跟在她的身後。不出所料，她在走廊上站定。然後她望著被周遭建築物圍起的中庭池子，開口道：

「就連假山假水的綠意，也很有夏天的感覺了呢。」

「是啊。」

她轉動目光投向我，同時動作輕柔地拿出一個信封。

「我是受姊姊吩咐，拿這封信給妳。」

她將信封放在我不由得往前伸出的手掌上，然後微微一笑，轉身離去。好半晌，我都呆若木雞地目送著那道離去的制服背影。

啾啾啾、啾啾啾，小鳥的啁啾鳴叫聲傳入耳中。枝頭之間，隱約可見早晨小鳥身上藍色粉筆般的色澤。

見到有人走來，我連忙環抱手臂，將信藏在手肘底下。藏起來之後，心臟這才開始猛烈跳動。

如果被他人發現了，肯定會被說：「天哪，好厲害！」而造成一場大騷動。麗子小姐竟然會寫信給我？若說不感到得意自滿，那是騙人的。

外型較爲可愛的女孩子，通常都會收到高年級生寄來的信。在我們這一學年裡，自從升上了中年級之後，也漸漸出現這種情形。也有些人書桌裡的信被人發現後，大家便會好奇不已地一同觀看起來。

所有的信封，都點綴著很有少女氣息的花紋或圖畫。但是麗子小姐使用的信封是外國製的，雖然也有花草圖樣，但非常簡單樸素。這點反而令人感受到她的高雅品格。

我本想進入洗手間觀看內容，但又覺得這樣未免失禮，於是交叉著手臂，在擦拭得亮晶晶的走廊上，信步走了一陣。洗筆台附近不見其他人影，我便在那裡拆開了信封。方才的鳥兒又在一旁的樹木枝頭上高聲鳴叫。

由於封口未以漿糊封起，我很快地就取出了兩張信紙。內容非常簡潔。

——今日放學後，我會在鋼琴練習室彈奏舒伯特（註18），請過來一趟。就是

註18：舒伯特（Franz Seraphicus Peter Schubert，一七九七—一八二八），奧地利作曲家，是早期浪漫主義音樂的代表人物，也被認爲是古典主義音樂的最後一位巨匠。

如此而已。除此之外，就只有花村英子小姐這個收信人的名字，以及桐原麗子的簽名。第二張紙則是一片空白，只是爲了不讓信紙形成單數而加上的。我的書法非常拙劣，甚至連大哥都說：「怎麼會寫成這個樣子呢？」因此在我眼中看來，信上的字跡眞是漂亮到令我自嘆弗如。而且那字跡自然又優美，給人不張揚做作的感覺。

正如同她的名字，是天生麗質般優美的文字。

7

我從回廊走進本館。高年級及高中部的學姊都在這裡上課。我從左側的通道走到本館後方，那裡靠外苑的方向並排著音樂教室、餐廳和烹飪教室等建築。

鋼琴練習室則是隔著走廊與音樂教室相對。放有鋼琴的小教室，就像是將箱子放在地面上般，一路延伸。同時，每個小箱子裡都流洩出了優美的旋律。

是幾號教室呢？不對，對方寫著「會彈奏舒伯特」。坦白說，這眞叫我傷透腦筋。雖然音樂會的演奏曲目上，也會出現舒伯特的即興曲，但我並不是一個熱中於鋼琴的學生，沒有自信能夠馬上聽得出來。這讓我有種被迫面臨考驗的錯覺。不，實際上對方的意思就是，聽不出來便沒有見她的資格吧。

從一號琴房當中傳出了葛利格（註19）的《特羅豪根的婚禮之日》（Wedding

Day at Troldhaugen），這首曲子在本校的音樂會上經常演奏。由於這曲子的難易之處壁壘分明，亦即精彩之處氣勢磅礴，很適合在發表會上演奏。對方正不斷地重複彈奏其中困難之處。

其中一些琴房也傳來了陌生的旋律。無論哪首曲子，只要像是在練習一般不斷地反覆彈奏，應該就不是麗子小姐吧。因爲她彈琴，是爲了彈給我聽。應該會彈奏優美純熟的樂曲。

如此想來，應該是五號琴房裡的那一位吧。原本輕快明亮的音色，逐漸轉變爲帶有悲愴之感的豐富曲調。我想應該是《即興曲》的其中一首吧。

我在琴房門口停下腳步，正遲疑之際，對方也許是察覺到了我的到來，曲調一轉變作其他曲子。彈奏出的旋律，就像是舞者正輕快地抬腿起舞一般，是我耳熟能詳的《樂興之時》（Moments Musicaux）。那彷彿在對我說：「這首曲子的話，妳該聽得出來了吧。」

像是漸行漸遠般，音量漸漸轉小，不久便歸於寂靜。我一直等到這時，才微握起拳頭，輕輕敲了敲門。

註19：葛利格（Edvard Grieg，一八四三—一九〇七），挪威國民樂派最重要的作曲家。

室內傳來有人從椅子上站起的聲音。我不由得後退，只見房門從內側打開。

——麗子小姐正注視著我。

她的長髮綁成了辮子，垂在兩側。當然，她的臉蛋上沒有任何脂粉。儘管如此，她充滿光澤的白皙臉頰，彷彿正微微從內側透出了朝霞般的光采——眞是非常有女學生氣息的裝扮。或許是她絲絲分明的睫毛所框起的雙瞳，具有某種氣勢，讓我以爲她有著令人難以抗拒的力量。

在學校，我們面對大上兩個學年的學姊時，通常都會比面對老師還要緊張。縱然只差一學年，之間的差距仍是非常懸殊。若是我到了一百歲，見到一百零二歲的人時，恐怕不會有這種心情吧。

「妳是花村同學吧。」

麗子小姐開口。她的雙唇比我想像中大了些。一般而言，擁有櫻桃小嘴的女性都較爲可愛，且被稱作美人，但是麗子小姐形狀姣好的雙唇略顯豐滿，正好突顯出了其存在感，更爲整張臉龐增色不少。

「——是的。」

「能夠借用妳府上的車，送我一程嗎？」

她泰然自若地說。我一時間不懂她的意思。

「啊？」

「道子她已經先回家了，所以我——」

麗子小姐抬手移至自己胸前。直至方才還在鍵盤上起舞的白皙手指，撥弄著制服衣領上的八重櫻徽章。

「今天沒有車可以坐回家呢。」

8

並非所有女學生都有專車接送。有人是使用印有家徽的人力車，甚至也有人是搭乘市營電車上下學。

有些家庭會讓司機在正門前方等候一整天，也有些家庭是讓司機先回府上，等到了放學時間再過來。我們家是後者。讓司機從早上一直等到下午，未免太可笑了。不過，像桐原家這樣擁有百人以上傭僕的府邸，一人負責一項職責，也許是恰恰好吧。

簡而言之，每戶人家的規定都不一樣。

桐原家是兩位小姐一同搭汽車上學。既然妹妹道子小姐先回去了，想當然耳，是麗子小姐命她回去的吧。

與麗子小姐兩人並肩坐在後座上，度過一段短暫的時光，這眞是一項超乎現實且吸引人的提議。

「方便嗎？」

在我手足無措之際，她又問了一次。就算問我方不方便——

「……好的。」

我也只能這麼回答。

我先回到教室收拾東西，再前往鞋櫃玄關。我將帆布製的室內拖鞋換成戶外鞋後，走至校前庭院。麗子小姐應該已經離開本館了。

我邊走邊注意著本館的方向，只見麗子小姐若無其事地從大門前的假山後方現身，跟在我的身後。她的動作眞快呢。

我們穿過大大敞開的正門，走向排列等候的車子處。來到外頭後，有些司機與副司機正聚在一起談話，而貝琪則一如以往地在車內等候。她發現我的身影後，立即下車打開車門。

我走到她身旁：

「……今天還要再送另一位小姐回家，妳開車要更小心一點。」

現下將近傍晚時分，先前一直灰濛濛的天空也拂開了烏雲，陽光傾斜地灑落而下。截至方才爲止，四周都非常陰鬱晦暗，因此這道陽光顯得格外明亮。

在這陣帶著金色的光芒當中，麗子小姐緩步走來。貝琪打開福特的後車門，鞠躬行禮之後等候。

麗子小姐輕輕點頭致意並坐入後，我才進入車內。

坐正之後，麗子小姐簡單說道：

「白金（註20）的桐原家。」

我補充說道：

「——是桐原侯爵大人家。」

藉此提醒她：「知道了嗎？」但貝琪僅是答道：「我明白了。」便發動車輛。

來到十字路口後，她毫不遲疑地往與平時截然相反的方向轉彎，循著青山墓地（註21）往南行。

麗子小姐以甚至可說是有禮的語氣，詢問前方的貝琪：

「開車很辛苦嗎？」

貝琪口齒清晰地回答：

「不，習慣之後，並沒有您想像的那般辛苦。但是——『習慣』，也是一種大

註20：位在東京港區。

註21：青山墓地位於東京都港區的南青山，於一八七二年設立，園內埋葬了許多政治家、軍人、作家。一九三五年改名爲青山靈園。

敵。絕對不能有什麼萬一，因此時時要小心謹慎。」

麗子小姐輕輕微笑：

「跟妳說話的話，會妨礙到妳嗎？」

「不，絕無此事。」

她也只能這麼回答吧。

「妳是在哪裡學會開車的？」

「有一段時間是自學，但承蒙老爺雇用我，後來便去武藏野的汽車駕駛學校學習。」

「聽說現在汽車駕駛學校，如同雨後春筍般不斷設立呢。」

「是的。雖然一般縣市很少見，但此處不愧是帝都——東京當中就有好幾所。」

「你們是如何練習駕駛的呢？」

「這實在是不勝枚舉。舉例來說，像是在車子兩旁架起繩索，沿著繩子前進後退。」

「一開始連這點小事也做不好嗎？」

「方向盤轉動多少幅度，車頭就會跟著旋轉——這是一開始的難關。聽說有些人在此時就栽了跟斗。」

「妳當初順利通過了吧。」

「是的。」

「聽妳這麼一說，我就能放心了呢。」

麗子小姐轉頭看向我。我頷首後，她又轉而注視貝琪的後腦勺。

「也有其他學開車的女性嗎？」

「正巧在我學習的時候，有幾位『大學汽車愛好社』的人士也前來上課，當中亦有女性。」

車子駛過霞町的十字路口，逼近久邇宮大人的宅邸（註22）。

9

我再怎麼遲鈍，至此也終於明白，麗子小姐寫信給我，並不是爲了我本身，而是另有目的。

當眾人得知我的新司機是貝琪時，想當然耳，頓時在班上蔚爲話題，還有不少

註22：久邇宮是日本昭和時期的一位親王。而這座宅邸於一九四八年改建爲聖心女子大學。

人特地跑來看貝琪。老師還爲此耳提面命，要她們注意自身的行動。
我們學生每天都會攜帶名爲通訊簿的本子。那並非用以記錄成績，而是像書信一樣送至家中。通訊簿是學校與家長之間聯絡的橋樑。
我原本擔心老師會不會在上頭寫著：「讓女性司機接送令嬡上下學，是否不妥？」
向爸爸提起這件事後——
「別擔心，我一開始就得到校方的許可了。」
他沒什麼大不了似地宣告。
「眞不愧是爸爸！」
猛烈鼓掌之後，我又說：
「——可是，我們學校很討厭新事物，眞沒想到校方會答應呢。」
「沒什麼，因爲我強烈主張『畢竟是女孩子就讀的學校，我想這層顧慮也是必要的吧』。」
「咦？」
「我眉頭緊皺，向校方表示：『汽車是種密閉的空間，移動的速度亦能非常快速。倘若由男性司機接送妙齡女子上下學，這樣太不恰當了！』」
大戶人家的夫人或是千金小姐，與雇用的司機關係太過親密，演變成爲愛私奔的例子，至今已出現不少次。畢竟這所學校招收的學生，都還是未出閣的黃花大閨女，對於這方面的事情最爲敏感。假使以此爲名目，校方反而會覺得「說得有理」，不由得就點頭答應吧。

可是，見到留有一頭短髮、眉形英挺秀氣的貝琪，也難怪有些人會像是發現了寶塚（註23）的巨星一般，引發騷動。這點是校方的失策吧。

因此聽見這個傳聞的麗子小姐，才會直接展開行動。我明白她的心情，可是，對我而言，期待落空的感覺並不有趣。

她是特別挑選過後，才寫信給我——我當時就這樣貿然斷定。然而現在看來，先前那個像是踩在雲端上，心情飄飄然的自己，眞是愚不可及。

麗子小姐朝我笑道：

「聽說即便是女子，也有人在學習開車呢。」

「是……」

偶爾在雜誌上，可以看到這樣的人物。

「不過，我還是覺得騎馬比較好。」

註23：一九一三年成立的大型劇團，全名爲「寶塚歌舞劇團」，特色是只招收未婚女演員，因此男主角亦是女扮男裝。黑木瞳及天海祐希都是出自該劇團。

接下來麗子小姐提出的問題，漸漸地偏向貝琪私人方面的事情，如「爲什麼會選擇司機這個職業？」、「令堂的工作也是與汽車有關嗎？」等等。

貝琪巧妙帶過，但如果對方又繼續深究，她便會回答：

「——小的這些事情實在不值一提，說了唯恐會因而汙穢您的耳朵。況且若是得意洋洋地張揚自己的私事，回去後小的會受到責罰。還請您高抬貴手。」

麗子小姐微微勾起情感豐富的嘴角，慢斯條理地說道：

「是嗎？」

車輛抵達白金台後，又沿著桐原府邸的長長圍牆緩緩前行。彷彿是一架邊調降高度邊尋找降落地點的訓練用飛機一樣，摸索著終點。

麗子小姐拉過自己的書包。

「請在大銀杏樹那裡右轉。正門是開著的。」

車輛駛進大門前的碎石子路，輪胎輾地的聲響變成了喀沙喀沙。守門警衛朝我們低頭致意。

穿過偌大的正門後，裡頭是一片綠意。

「沿著假山往前直走吧。大玄關前面是內玄關。請在內玄關前停下來。」

福特遵循著麗子小姐的指示往前行進。宅邸內環繞著用以隔絕視線的內圍牆，圍牆內可見數棵松樹，但瞧不見裡頭的景象。

聽見車輛的聲音後，迎接的人自玄關走出。

不過，已經有人先一步來到這廣闊的前院。前院裡停著一輛一圓計程車（註24），有個人從車內走出。對方穿著卡其色的軍服又戴著軍帽，想必是位陸軍軍人。不同的是，對方的右胸口上裝飾著黃色繩索般的物品。我曾在繪畫或是照片中看過，但沒有去記那個裝飾是哪種勳章，還是用以表示位階。

「哎呀！」

麗子小姐發出興奮的叫喊聲。

「是哥哥。是從外頭回來的吧。還是只是順路過來一趟呢？」

為了讓計程車稍後能夠離開，我們的車輛先靠邊停下。

「請問，令兄胸前的那個裝飾是什麼呀？」

我不由得說出心中的疑惑。麗子小姐錯愕地瞪大眼睛：

「那是參謀的象徵喔。哥哥他呀，從陸軍大學畢業之後，僅做了一年中隊長——就一路直昇進參謀總部了唷。」

註24：大正末期至昭和初期，在東京及大阪市內搭車費用均為一圓的計程車。

10

聽她說完後，我還是不太明白那個頭銜有多嚇人。但從她的語氣聽來，應該是件很了不起的事，所以我立即擺出吃驚的神情：

「——眞是厲害呢。」

陸軍男子邊看著我們這方，邊將手上的行囊交給出來迎接的和服女子。

計程車駛過我們身旁逐漸遠去。麗子小姐開口：

「停在這裡就好了，讓我下車吧。」

一等到貝琪繞至後方打開車門，麗子小姐便迫不及待地踩在大小均等的整齊碎石子路上。她似乎正用眼神呼喚陸軍男子，然後轉過頭來，也示意我下車。

「我來介紹一下吧。」

看來是位令她自豪的哥哥。我很感興趣。與我家吊兒郎當的大哥究竟有何不同，做爲參考，我很想拜見一下。

然而——

「——還有妳喔。」

麗子小姐又朝直立在車門旁的貝琪開口。

「不，小的我——」

貝琪立即婉拒。這也是當然的。

如果是男性司機的話，根本不可能會被引薦「介紹」。也就是說，她是想讓哥哥看看現在蔚爲話題的奇珍異品。

但是，貝琪接下來的舉動很難爲。而且麻煩的是，現在她已站在車外，倘若婉拒對方之後，又走入車內關上車門，這樣就太無禮了。

況且，既然知道了麗子小姐「介紹」的意圖，並不是基於禮儀，而是她自身的堅決意志，便很難斷然拒絕。

高帥挺拔的哥哥，走向美麗的妹妹。

大概因爲是在自家庭院裡會見女性賓客，他臉上的神情相當輕鬆自在，並未擺出參謀總部軍官的威儀。只是，被軍帽的黑色圓弧帽簷遮去了大半面積的雙眼，依然非常銳利。那是雙以震懾他人爲職責的眼睛。

冷不防地，像要昭告夏季來臨一般，落日的餘暉貫穿梅雨季節的灰暗天空，打橫照亮了陸軍軍官的臉龐，使他的半張臉沐浴在陽光之中。是張英俊的面容。不過，由於光線的關係，左邊被照亮的那隻眼睛，莫名地看來大了些許。

被軍靴踩在腳下的碎石子，發出規律又悅耳的聲響。

陸軍軍官朝妹妹的友人揚起微笑。嘴唇的形狀跟麗子小姐眞是相似呢。

「這是愚兄，桐原勝久大尉。這一位是道子的同學，花村小姐。還有花村小姐的司機——」

麗子小姐催促她接話。

與侯爵家少爺見到面實在是特殊狀況，貝琪不得已之下，只好脫下帽子，深深低頭鞠躬：

「小的是別宮。」

一頭短髮向下晃動。

桐原大尉心情愉悅地開口寒暄，倏地瞇起眼睛。

因爲女性司機非常少見——但不僅如此，那很明顯是觀察的眼神。

大尉大步往前一跨。彷彿將「道子的同學花村小姐」一事乾脆地拋在不感興趣的類別，他直接越過我，站在斜後方的貝琪前方。

他將雙手交叉在身後，像在觀察新兵一般，由上至下地打量身穿白麻制服的貝琪。

貝琪一直保持著同一個姿勢。桐原大尉像是等得不耐煩了，說：

「抬起頭來。」

貝琪用雙手將制服帽工整地戴回頭上後，慢條斯理地直起身子。原本望著腳邊碎石的視線，轉向對方的眼睛。

我的頭部只及貝琪肩膀的高度。兩位成人的視線，在比我的雙眼更高的地方互相交會。

桐原大尉軍帽上的紅帶，綴著金色星星；貝琪的制服帽額頭部分，則縫著我們的家徽三個小漩渦。儘管被星星由上往下俯視，漩渦也一點都不畏縮。

這時一隻小小的羽蝨輕盈地掠過兩人之間。

桐原大尉的臉頰一動，勾起與方才的寒暄微笑不同的笑意。大尉微張開腳，說道：

「——妳想假裝自己是男裝麗人嗎？」

這句話實在非常地苛刻且無禮。然而不可思議的是，他的語調中卻全然沒有那種感覺。

那麼，當中究竟有什麼含意呢？這就像是放在水底的容器一般，明明一眼就能看見它放在那裡，卻怎麼樣也撈不著。

「小的是因爲職務，才會這身打扮。」

貝琪說完後，快速地瞥了一眼大尉的全身。儘管沒有說出口，但她的意思是「就跟您的軍服一樣」吧。

大尉點點頭後，盯著貝琪的胸口。

下一秒，說出了令我不敢置信的話語。

「把上衣脫下來讓我看看。」

11

瞪大了眼睛的人是我，貝琪則面不改色。

大尉微偏過頭，像是想從她的臉上讀出些許訊息。

「妳聽見了嗎？」

貝琪字句清晰地答：

「小的聽見了。」

這時，我不由自主地插入兩人之間。而遭到踩踏的碎石子，發出沙沙聲響。事後回想起來——雖然這種說法很像是不干己事——但當時的我，確實動怒了。

仰頭看著高大的男子，我語氣強硬地表示：

「剛才您那句話，聽來像是命令。」

桐原大尉像是名被人從舞台上拉回現實裡的演員般，轉頭看向我。目光像在說：原來還有這樣的傢伙在呀。

我更是惱火，繼續說道：

「——但別宮是我的司機。」

「……喔？」

「無論您是侯爵家的少爺，還是參謀總部的軍官，別宮都沒有義務遵從您的命令！」

大尉朝麗子小姐的方向瞥去一眼：

「這就是所謂的，『即便僅是御數寄屋坊主，河內山仍是將軍手下之人』嗎？」

他說了句不知所云的話後，便爽朗地笑了起來。他的笑聲快活清脆，十分有名門少爺的風範，且令人懊惱的是，同時也很有魅力。

笑完後，大尉重整自己的態度，轉身向我：

「那麼，我重新問一次吧。花村小姐，這個星期天，您是否會整天忙於學習才藝呢？」

聽見突如其來的詢問，我一時間來不及搪塞也想不出理由，便說：

「直到傍晚之前都是無事……」

「那麼，請讓我邀請您共進午餐吧。吃飯之前，我想請您在宅邸內散個步。希望您能在十點左右前來。只是——我希望您別將司機替換掉。我有些東西想讓這一位看看。」

他凝視的雙瞳深處，像在運轉機器一般，似乎正在擬定什麼計畫。

「您在打什麼主意？」

「絕不是什麼可疑或是危險的事情，我向您保證。嗯——在當天到來之前，敬請期待吧。」

爾後，我們在大尉與麗子小姐的目送之下，離開了桐原宅邸。

「眞是個失禮的人。」

都因爲我讓貝琪送麗子小姐回家，才會讓她留下不好的回憶。這令我感到慚愧，更是說得擲地有聲。

然而，貝琪卻泰然自若地說：

「這個世界上，還有更多更加『失禮』的大人存在呢。」

「也許是吧……」

「方才那一位，反而還算是相當正派的人物。」

「——既然如此，那爲什麼要叫妳脫掉上衣呢？」

貝琪爽快地答道：

「他可能好奇司機的制服究竟是長什麼模樣，也想看看裡頭的衣服吧。」

「是嗎……」

我正要歪過腦袋時，貝琪又開口：

「方才非常謝謝小姐出言解圍。」

我立即感到得意洋洋，鼻尖熱了起來。

「不知不覺間，那些話就脫口而出了呢。」

「您說得非常堅決呢。」

我不由得在腦海中開心地反芻自己說過的話。緊接著，也在意起大尉說過的一句奇怪話語。

「……那時候，桐原小姐的哥哥好像說了一句話吧。」

「小姐是指『即便僅是御數寄屋坊主——』那一句嗎？」

「對對。」

「那是歌舞伎的劇目，寫自默阿彌之手。所謂御數寄屋坊主，是指在江戶城工作，做些繁瑣雜事之人。劇中名爲河內山的男人欺騙了松江殿下。事情敗露之後，差點遭到拘捕。然而他卻嚴詞抵抗，說：『我是直接侍奉將軍的人——即是將軍殿下的家臣。所以即便要接受將軍殿下的制裁，也輪不到你們這些區區大名說長道短。』」

「哎呀呀。」

貝琪話聲一變，像在演戲般地說：

「『就算你是一國之主，我也沒有義務接受大名的判決』——觀眾們全都『痛快、痛快』地鼓掌叫好。」

雖然我曾跟著去過帝國劇場和歌舞伎座好幾次，卻從未見過這齣劇目。

「那麼，我就是『將軍殿下』了？」

貝琪微笑。

「對別宮而言，是的。」

「眞是太抬舉我了呢。」

「怎麼會呢。話雖如此，桐原少爺竟然能夠眨眼間就說出這些句子，眞可謂是學問淵博。而且那位少爺，的確非常適合引用這句台詞。」

「是嗎？」

「是的。」

貝琪頷首。

「——畢竟桐原少爺，原本就是大名啊。」

12

之後，看起來不如大尉少爺那般「學問淵博」的花村家長子，在吃過晚飯後回來了。

最近這陣子，很奇怪地，大哥的朋友阿六先生——大町六助先生連日來，都會寄來包裹或是書信。他們明明在大學裡就碰得到面，卻要這麼麻煩地寄信？眞讓人好奇是發生了什麼事。

大哥去看了放在房間桌上的信件後，回來時難得地陷入沉思。

即便是聞名天下的英雄，但他的家人從他還是鼻涕小鬼的時候就熟知他，因此在家人眼中，英雄還是一樣邋遢吧。就這點來說，我對大哥的評價必須打點折扣才行。可是，我這雙已經見識過了桐原家勝久少爺的眼睛，不管橫看豎看，都不禁覺得橫躺在長椅上的雅吉大哥，就像是個銳角之後出現的鈍角。

「欸欸。」

「幹嘛？」

就連回應，也像是因梅雨而生了黴菌一般懶散。大哥眞是吊兒郎當。

「今天我呀，送了麗子小姐——也就是桐原家的麗子小姐回到桐原府上喔。」

眞是勢利眼，一聽到美女的事情，他就一骨碌地起身。

「妳送她回家？」

我大致說明了事情經過。

「——看來對方感興趣的人是貝琪呢。」

面對大哥時，我都稱別宮爲「貝琪」。

「那是當然的吧。誰會對英公有興趣啊——」

「眞過分，你不想聽接下來的發展了嗎？」
「喂喂，別做這種扭開了水龍頭，卻又不讓水流出來的事情啦！」
這話說得眞奇怪。但因爲我也想與人分享，便說明了桐原大尉登場時的情景。
「居然會在軍人的勤務時間回家，是發生了什麼事嗎？」
「如果是一般士兵，就算睡覺也不能鬆懈警戒吧。但是等地位提高了，進入與軍人有關的政府機關或參謀總部工作的話，軍人也就跟一般官員沒有兩樣。」
「是這樣子呀。我還以爲連休息時間都沒有呢。」
「當然，特殊時期的時候，是那樣子沒錯。」
關於「脫掉上衣」一事，由於我還不明白其中的意涵，便難爲情地沒有說出口。不過，我說了兩人正面相對一事。
「然後呀，桐原家的少爺一看到貝琪，就露出了像是其他事物都消失了般的眼神，樣子很奇怪呢。——這是怎麼一回事呢？」
「嗯——」
大哥突然將伸長的頸子縮回原位，在長椅上盤起雙腿，再撇下嘴角。
不快地發出沉吟。
「怎麼啦？」
「……那個桐原家的笨蛋兒子——」

我大吃一驚。

「什麼笨蛋兒子呀，可沒有人說過這句話唷。」

這句話反而適合用在說出這話的本人身上吧。

「是嗎？」

「對方看來可是非常聰明能幹唷。感覺上就像是五郎正宗（註25）的名刀。而且還是參謀總部的軍官，想必將來是前途無量吧。」

客觀來看，就是這麼一回事吧。真不可思議，一聽到大哥貶低他，反而會想回嘴。

大哥顯得很不服氣。

「誰知道呀。」

「那種事情誰都猜得到吧？」

大哥神經質地搔了搔後腦勺。

「——那麼，那位前途似錦的大尉少爺又怎麼啦？」

「這個星期天，他邀請我共進午餐。然後指定司機得是貝琪。」

「妳拒絕了嗎？」

註25：日本史上最有名的刀匠之一。

「我怎麼可能拒絕得了嘛。」

「可是啊，就算叫貝琪過去，對方可是桐原侯爵家呢。總不可能邀請司機至會客室，再與她一起用餐吧。」

「你這麼說的確沒錯。」

大哥環抱雙臂，挑起眉頭，看來十分擔憂。

「對方到底想做什麼？總不會依仗自己的權勢，做些奇怪的舉動吧！」

「怎麼啦？你覺得他們會欺負貝琪嗎？」

「嗚，呃，這個……」

大哥顯得非常支支吾吾。

「桐原家的道子小姐與我同班，看在這一點份上，對方應該不會做些爲難人的事情吧。回來之後，我再告訴你發生了什麼事吧。而且這就像是連續劇一樣，你可以興致勃勃地期待。」

「瞧妳說得這麼悠哉。」

大哥仰頭看向天花板。我又說：

「我也有事情想請你解惑。每天阿六先生都會寄包裹過來吧。這是怎麼一回事？」

「啊啊，這件事嗎？」

大哥應聲後，說了出人意表的一句話。

「這件事啊——說來都要怪妳。」

13

「怪我？」

我可不記得自己做過什麼事。

「我和妳一起去了銀座對吧。」

是指登上鐘塔那天的事。

「是呀。」

「那時，妳跟我提起了交換暗號一事對吧。」

「嗯——就是部首『金』再加上『表』。」

「那唸作『tokei』吧。」

「你看了圖書室裡的《即興詩人》了吧。」

「我看了，不行嗎？這叫作調查。總之，我可沒有問妳喔。」

「是是。」

「後來我將這件事情告訴了大町。那傢伙很感興趣，就說『我也要玩』。」

「所以你們決定了某本書？」

「並非如此。那樣做的話，就跟千金小姐們的遊戲沒有兩樣。妳們是在紙上寫下數字吧，而且一開始就決定好了關鍵書。」

「是啊。不決定的話，哪解得開呢。」

大哥搖了搖頭。

「他說那樣子太無聊了。又說，所謂的暗號，就是要去挑戰解開才有趣味。就像那些讓人一頭霧水的古代文字，學者們也是歪著腦袋拚命解讀，那樣才是無比羅曼蒂克的大腦活動。」

「嗯，也許是吧。」

「然後那傢伙提議道，他每隔數天就會送東西過來。他會以那些東西，表現銀座的某個地方，然後要我在指定好的日期時間到那裡去。」

「也就是腦力對戰，要大哥你解開謎題吧。」

「嗯。」

「既然說這樣很羅曼蒂克，由他先負責解謎不是更好嗎？」

「就是說啊……」

大哥嘆了口氣。不管怎麼看，他都呈現敗軍之將的氣息。

「看你這副樣子，想必是束手無策吧。」

「妳這麼說眞是太直接了。總之，出題的那些物品全都雜亂無章，毫無脈絡可循。」

「啊！」

「怎麼了？」

「前陣子，你說了什麼『大町先生的襯衫』吧。那個就是『物品』吧？」

「嗯，最先送來的，就是『襯衫』。看來像是在夜市裡買的新衣。如果還給他的話，他之後打算穿上吧。包裹上寫著『這是第一個』——妳覺得如何？」

「嗯，雖說是理所當然，但會聯想到服飾店吧。」

「對吧？」

大哥指向我，接著又搖了搖食指。

「——一般都會這麼想吧。只是，廣義的服飾店，也未免太多間了。」

「這倒也是。」

「但是呢——因爲妳不常在那裡走動，所以不曉得吧——若是僅限定『襯衫』，很快就能進行過濾。在銀座五丁目，白牡丹與第一銀行之間，有棟四層樓高的『中屋襯衫店』。」

「這下子就能肯定了吧。」

我說完後，又道：

「可是，這樣也太簡單了吧。」

「嗯。這樣一來，與其說是暗號，根本就是開門見山——然後，我便等著下一個物品送來。」

「『第二個』是什麼？」

「接著送來的竟然是『眼鏡』。」

「眼鏡？」

「襯衫之後是眼鏡，怎麼想也兜不在一塊兒吧。」

「可是，這兩樣東西的形狀，都很有特色呀。」

「怎麼說？」

「如果是破破爛爛的圓頂禮帽再加上小鬍子，就是指卓別林吧。就像這樣，只要看了那件襯衫和眼鏡，就能鎖定某個人物的話——」

「不對不對。襯衫的款式再尋常不過，眼鏡也是大町之前戴過的。因爲若要爲此特地去買那些東西，未免太浪費了，而且也不可能送來他現在在戴的眼鏡啊。總之，就是很普通的眼鏡。」

「換言之，只要是『襯衫』（syatsu）、『眼鏡』（megane），何種款式都無所謂？」

「應該是吧。」

「那麼，會不會是要將第一個字串連起來呢？就成了『shi』（襯衫唸作『syatsu』，第一個字是『shi』）、『me』。喏，他總共會送來幾個物品呢？」

「他說一共有四個。所以現在是在起承轉合裡，起承的階段吧。」

「這樣一來，如果接下來是『草莓』（ichigo），最後是『金柑』（kinkan）的話，你覺得如何？」

「是要去水果店嗎？」

「不是啦，那樣就沒有把物品擺放在一起的意義了。依序將四個物品的頭一個字連在一起之後，就是『shi・me・i・kin』。爲了使其具有意義，再加上濁音後，就是『jimeikin』。你看，就成了『自鳴琴』（註26）呢。」

「這樣太牽強了吧。」

「所以我是在打比方嘛。如果是那樣的話，只要你去以販售音樂盒而聞名的店家就好了吧？」

「理論上是這樣。」

仔細思索的話，也並非想不到更加高明的理論。無論如何，竟會想到利用物品，來表現一般人認爲都是寫在紙上的暗號，這個想法眞是有趣。

註26：即音樂盒。

「總之，直到之後的物品送來之前，都無法湊齊線索吧。」

「嗯，他確實每隔三、四天就會送來。」

「下個物品送來的話，你再告訴我吧。兩個人一起想，說不定會想到什麼好主意呢。」

俗語說，三個臭皮匠勝過一個諸葛亮——這時，我想到了貝琪。

14

週末，雨勢依舊不歇。

無論是在家中，還是在學校，波濤般的雨聲始終籠罩在頭頂上方。

透過道子小姐，我又收到了桐原小姐寫來的信。不知何故，信中寫道：『倘若下雨，週日的邀約請容我們延期。』至於是否推延，當天早晨對方會打電話過來確認。究竟這整件事跟天氣有什麼關聯呢，眞叫我百思不得其解。

如此一來，我倒是希望天氣放晴。約定的前天夜裡，就寢時，外頭下著彷若要沖進瀑布深潭裡般的傾盆大雨。深夜，我還在半夢半醒間聽見了雷聲。可是黎明之後，週日的天空卻是截然不同，天氣非常晴朗，清晨的陽光還照得玻璃窗閃爍著懷念的光彩。

桐原家打來的電話，內容當然也是說「誠摯邀請您前來」。顧及天氣，也許有可能外出，我便選了件方便活動的洋裝。

「小心一點啊。」

難得地，大哥坐立不安地目送我們的車子離去。

駛入桐原宅邸的前庭後，在迎接之人的引領下，車輛繞著假山前行。接著又挨著長長的木板圍牆，繼續前進。

出乎意料地，大尉少爺和麗子小姐就站在前頭等著我們。桐原大尉穿著長褲及白襯衫，麗子小姐則是穿著有蝴蝶翩翩飛舞的淡紫色振袖。

貝琪一踩在碎石子路上，少爺便迫不及待地開口招呼：

「早。」

「兩位早安。」

貝琪摘下帽子深深欠身行禮，爾後便向後退，打開後座的車門。

「日安。」

麗子小姐朝走下車的我嫣然微笑。我一邊回禮寒暄，同時漫不經心地想：如果我也穿上和服綁著蜻蜓腰帶，會不會演變成蝴蝶與蜻蜓的對決呢？

大尉少爺輕向一旁的年輕傭人使了個眼色。男子打開木板圍牆的拉門後，便像隻石獅子一般，就這麼站在空著缺口的門邊。

「那麼，兩位請。」

大尉少爺語畢後，率先邁開步伐。他手上提著一樣東西，不像公事包，比較像是一個附有把手的箱子。

我跟在他的身後。貝琪原想走在最後方，但在麗子小姐的催促之下，走在第三個。形成了我們兩人被桐原兄妹包夾的景象。

身後的拉門再度關起，但傭人沒有跟來。

小徑並不寬。兩側的樹木因吸收了數日來的水氣，四周的空氣相當清涼。四處可見葉尖上還留有水滴，微微地反射光線。潮濕的魁梧松樹，表皮顯得黝黑黯淡，苔蘚卻像是畫師剛繪出般，綻放著鮮豔欲滴的青綠色彩。

大尉少爺的話聲從前方傳來。

「我們很少讓客人走這條路，因此可能不太好走。請留意自己的腳邊。」

我們沿著踏腳石穿過樹木後，視野豁然開朗，前面便是一處植物園。我們又循著植物園側邊走了一陣後，抵達射箭場。

我們學校儘管僅招收女子，但大門的左手邊也設有弓箭道場。桐原家是武士門第，會設有射箭場也是理所當然的吧。

四下沒有其他人影，如同身在夢境一般萬籟俱寂。

「距離十公尺遠應該差不多吧。」

大尉少爺自言自語似地說完後，走向射箭場中央。射箭場的靶場區鋪滿砂子，射箭區上方則蓋有屋頂，中央處，亦即兩地之間則是寬敞的地面。那裡由於地勢較高，排水的效果也較好，已是一片乾爽。

我們也在麗子小姐的催促下跟在後方。

是距離什麼東西「十公尺遠」呢？只要循著大尉少爺的視線往前望去，立刻一目瞭然。在靶場上，左右兩邊各放置著一個中心繪有黑色圓圈的標靶。想必是今早命人準備好的吧。兩個標靶簡直像是一雙大眼睛，正從那裡瞪著我們似的。

小徑的另一側，是防止箭矢向外飛出的高聳樹籬。可是，射箭場因為占地寬廣，爽朗的風無拘無束地穿梭在其中，感覺相當舒暢。

這時，大尉打開箱子。我大吃一驚，裡頭放的是手槍。

「這是怎麼回事？」

我不由得開口問了蠢問題。大尉少爺泰然自若地答：

「當然是射擊。」

從情況來看，自然是這麼一回事。可是，這並不尋常。

「可以在射箭場裡開槍射靶嗎？」

富家公子勾起嘴角。

「此處是最為適當的場所，所以我才選擇這裡。因為我很務實，會善用現有的設施。可是，畢竟寒舍裡還是有不少人因循守舊，會有人覺得這樣眞是太不像話了吧。所以我才會支開其他人。」

語畢，他拿起手槍，將箱子遞給麗子小姐。

現在是動盪不安的時世，即便不是軍人，持有護身用手槍的人也不在少數。據說甚至還有女性用、附有裝飾品的迷你手槍。而大尉少爺手中的，是很像西部片中會出現的槍枝。

「既然如此，只要前往射擊場的話——」

話說到一半，我猛然想起。

「因爲那種地方，不能以手槍進行射擊嗎？」

如果是練習飛靶射擊的場所，郊外應該有好幾處。畢竟有不少大人都對狩獵活動感興趣，彼此還會以自豪的槍枝及技巧互相較勁。

「不，可以喔。使用手槍的話，標靶是十八碼外，繪在六英吋大小的四方形紙上的圓點。……換言之，即是狙擊比這裡遠約兩倍，又小了超過一半的標靶。從理論上說來，在這裡射擊輕鬆多了吧。」

「話雖如此，前往射擊場還是比較妥當吧？何必特地在射箭場裡……」

大尉少爺見到我慌張無措，似乎引以爲樂，然後僅將一枚子彈裝塡進手槍右側的彈匣裡。

「當然，倘若是普通手槍，不會在這種地方進行射擊。」

「……是軍用手槍嗎？」

「若是軍用手槍，絕不能用在這種私事上。這是私人物品。我認識的一名英國軍官，也很喜歡用這款手槍呢。它跟以往的款式比起來，輕了很多。」

然後語調一轉，像在對男人說話般。

「但即便支開了他們，聲音還是會傳出去。我想盡早解決。」

這番話針對的對象，是貝琪。

15

標靶有兩個。

這時我終於明白了勝久少爺的意圖。可是，他怎麼會想到要與貝琪一較長短呢？

勝久少爺極其自然地接著道：

「妳應該明白吧。前陣子，妳送了舍妹麗子一程。另外，也每天接送道子的同學，花村小姐。說得誇大一點，她們的性命可說都是掌握在妳的手上。我想看看妳的能耐——這點要求，應該無妨吧？」

貝琪平靜開口：

「倘若小的是男子，您也會提出相同的要求嗎？」

「我是在侮辱妳嗎？如果妳是指這個意思，那我先這麼回答吧：絕非如此。從妳的一舉一動，就能看出妳不是普通的女人。正因如此，我才會提出這個要求。可是，也不該看妳是女子，就以爲妳好對付。我無法斷定自己的判斷是否正確，所以想確認妳的本事。」

貝琪在正門前握劍的身影，鮮明地在我腦海裡復甦。

「別宮——」

貝琪將綴有長睫毛的雙眼轉向我。

「是的。」

我將手緊握成拳，同時開口：

「——儘管去吧。」

貝琪將她那對偌大的雙眼又張得更大，然後雙頰浮現出隱約的笑意。

「謹遵吩咐。」

勝久少爺與貝琪面向標靶站直身子。我與麗子小姐向後退了五、六步，各自站在他們身後。

勝久少爺身體微微傾斜，伸長手臂，目不轉睛地瞄準右邊的標靶。然後說：

「最好摀住耳朵喔。」

麗子小姐以沒有拿著箱子的右手食指摀住耳朵，並將摀住的耳朵轉向哥哥的方向。我則像是戴著收音機的耳機一般，用兩手摀住頭的兩側。

儘管如此，槍聲仍是轟隆作響直至耳中深處。我清楚看見標靶右上方，白色部分的紙張裂了一角，砂土飛濺揚起。

勝久少爺將手槍從中對半折起，然後從槍身後方，砰地跳出了某樣東西。事後我才知道，那似乎是用畢的彈殼——對了對了，剛才還說過，槍的種類是「什麼菲爾德」。

我原以爲貝琪會從勝久少爺那裡，接過那把「什麼菲爾德」後再進行射擊。但我猜錯了。

隔了一拍之後，貝琪正對著標靶，單腳向前，輕輕壓低身子。左手拉開白麻製的制服領口，右手滑進其中。下一秒，她將左手疊在抽出的右手上，從交疊的前端響起了槍聲。

標靶的黑色圓圈破了一個大洞。

貝琪倏地彎曲手肘，好讓身體吸收衝擊。

「啊。」我張著嘴，緩緩放下雙手的時候，貝琪的槍已收進了胸前。

「……小的失禮了。」

貝琪欠身行禮，走了數步後彎下身子。她脫下右手上的手套，裝進口袋裡，再拿出手帕。黃土上，制服、手套與手帕的白，被映襯得更加鮮豔，彷佛是隻白鳥正在啄食地面上的某樣東西。

貝琪用布裹起自己的彈殼，再收進口袋裡。那從容不迫的動作，彷佛只是在撿起掉落的點心。我完全看不清，在她一連串的動作中，那塊布是從哪裡蹦出來的。

我當時的心情很複雜。我全然不曉得貝琪身上有槍，桐原兄妹卻看得出這一點，讓我有些氣惱。

另一方面，情況演變至此後，別說是槍的存在了，就連貝琪會正中靶心一事，自己都彷佛是已預料到一般——有種這是理所當然的感覺。

也就是說，我的心情是既驚訝，卻又全然不感到驚訝的一種奇妙感受。

總之，我挺起胸膛，以極爲平靜的語調開口：

「——這下您滿意了嗎？桐原少爺。」

16

接著我被帶到一間西洋風的會客室。在寬敞的房間裡，與勝久少爺正向對坐。靠向庭院的牆壁建成平緩的弧形，上頭並排著偌大的窗戶。無論是從高聳天花板處垂下，幾乎逼近地板的蕾絲窗簾，還是外側塗成灰紫色的百葉窗，全都拉了開來，陽光透過窗戶照射進來，屋內十分明亮。爲了通風，其中一扇窗戶也大爲敞開，因此亦能感受到涼爽的風迎面吹來。

「特意邀您前來，我等一下卻得先走一步，眞是萬分抱歉。但我想，至少也該一起喝杯茶——」

勝久少爺隨性地說，並請我享用放在桌上的西式點心。那是在我居住的麴町的村上開新堂，所販售的摩卡咖啡蛋糕。

雖然我很喜歡，但只是先優雅地喝了口紅茶。勝久少爺接著說：

「中午，會由麗子和道子陪妳。」

是……我含糊應聲，但我完全不在乎這件事。

「您覺得如何呢？別宮她……那個，相當厲害吧？」

在射箭場時，勝久少爺說了聲「妳及格了」後，便哈哈大笑。關於這件事，我還想再問得仔細一點。

「當然。」勝久少爺心情極佳地答。

「好比說在刺激的西部片當中，男主角只要一開槍，都是百發百中吧。」

他用手指比出開槍的姿勢。

「——可是，實際上不可能那般精準。比起槍身長的其他款槍枝，手槍的命中率原本就較低。即便是瞄準待在同個房間裡的人，只要不習慣用槍，也會打不中。可是，憑藉著練習以及與槍枝的契合度，就能達到相當的水準。而她呢——更是超乎尋常。比起正中紅心，她開槍時，手完全不會左右抖動的射擊方式更令人不敢置信。而且她完全沒浪費時間去瞄準目標。」

「……是。」

「換言之，這是非常實戰性的用槍方式。匪徒出現之際，若還不慌不忙地瞄準目標，就會被對方打敗。即便彈道會上下晃動，但不會左右搖晃這點，當然也是適合實戰的一項動作。想必她是遵照我的要求，表現出在實戰上有益的用槍方式吧。」

「……您一開始見到別宮的時候，就看出她有帶槍嗎？」

「嗯。從她的身形舉止看來，想必有在學習什麼武藝吧。」

「我是知道，她似乎頗爲精通劍道……」

「我想也是呢。雖是女子，既然能擔任司機，這點也沒什麼好大驚小怪。只是，我接近她時，她微微將右肩往後退的移動方式，也讓我想到了，那是一有情況就能立即拔出胸前手槍的預備動作。不，是感覺到了。比起身形，更像是某種氣場。」

「………」

「於是我重新打量之後，看向她左胸側邊，發現雖然不起眼，但確實微微膨起。那裡十之八九，吊著皮套吧。我才恍然大悟，即便再怎麼精通劍術，但如今這個昭和時代，女子總不能將大刀插在腰上行走，爲了工作，隨身攜帶手槍自然非常合理。話雖如此，她眞是個有趣的女人。我才想確認一番——」

「因此叫她『脫掉上衣』嗎？」

「沒錯。」

原來如此，我總算明白了。拿起繪著紅頭鳥兒，金粉也耀眼奪目的茶杯，我又啜了口香氣極濃的紅茶。

勝久少爺續道：

「那是最新型的警式手槍——也就是警察用的手槍。想必是令尊爲她準備的吧。那是最適合用於護衛的自動手槍。馬上就能進行射擊，可以應付臨時發生的緊急狀況。」

聽他這麼一說，我既感到放心，又感到害怕。

「這是必須的嗎？」

「當然，沒人曉得實際上是否會使用到。只是，光是帶在身上，心理狀態就會產生改變吧。」

「您的意思是，會比較緊繃警戒嗎？」

「這自然也有。不過，最重要的是——倘若沒能周全地保護好妳，當下就能引咎自裁吧。」

我頓時動彈不得。稍過片刻後，偷偷覷去一眼，只見勝久少爺的臉上已褪去了方才的愉悅笑容。

「那種事情……我從來沒有想過。」

「是嗎？」

應聲後，勝久少爺起身。

「這麼匆忙，眞是非常抱歉，但我就此失陪了。我會去叫妹妹們過來，還請您多擔待，與她們一同遊玩吧。」

語畢後，他透過窗戶看向明媚的屋外，再將視線拉回至我身上。

「對她而言，現在最重要的人，就是必須守護的妳吧。不，應該就是如此。那麼，當然也會做好覺悟。而那份覺悟——對她來說，應該是心甘情願的。」

假如我是小孩子的話，他肯定不會告訴我這番話吧。相對地，我是成人亦然。

現在我這般介於十歲與二十歲之間，難以界定的年紀，正好成了適合吸收這番話語的砂地吧。

當時的勝久少爺，與其說是在向某人訴說，感覺更像是，僅是將心中所想脫口說出。

17

是這樣子的嗎——我不禁暗忖。如果是男子的話，也許一定得那麼想吧。可是，至少我家的大哥，不會說出那種話吧。

坐在回程的車中，我望著貝琪的肩膀，一邊思索：

——對了，貝琪還沒吃過村上開新堂的點心吧？

午飯的佳餚，確實有著侯爵家的氣度，是相當精緻的法國料理套餐。至於貝琪，應該是在下人等候屋裡，吃著廚師見習生所作的傭人專屬飯菜吧。

冷靜想想，今日的主客其實是貝琪。那時的我一思及此，儘管喝著濃郁香甜的糖果色清湯，手上的湯匙卻內疚地感到沉重。

回程之際，我想起了開新堂的點心，多虧於此，心情就像裝了彈簧裝置般，蓋子砰地彈開來，心情也變得愉快起來。回家之後，馬上買給她吧。我盯著貝琪的背影，邊在腦海裡翻開蛋糕的目錄。

——該買哪個好呢？小泡芙比較適合嗎？既小巧又可愛，她收到會不會很開心呢？

光是如此，我的心情就雀躍起來，也有了閒話家常的動力。

我提出了先前六助先生出題的物品暗號一事。

「『襯衫』之後，是『眼鏡』嗎？」

「是呀。」

「雅吉少爺有什麼頭緒嗎？」

「哪有什麼頭緒，他豈止是如墜五里霧中，說不定根本是置身在方圓百萬里的濃霧裡了呢。」

「可是，這種暗號解讀遊戲，比起出題者，解謎者的立場更加不利吧。」

「是呀。」

回到家後，我立即向開新堂訂購了點心。對方原本是不接受臨時訂購的，但畢竟就在附近，因此還能答應我的無理要求。但相對地，便是無法挑選自己想要的品項。由於現在是梅雨季節，我決定請店家在最小的盒子裡，裝些趕得及送來的點心。

開新堂就在住友銀行的斜對角——用不著這般說明，家裡的人都曉得。我吩咐下人前去拿取後，正巧雅吉大哥跑來糾纏不休。

「英公，情況怎麼樣了？」

射擊一事，無庸置疑是本日的重頭戲。砰！

可是，既然貝琪本人沒有志得意滿地炫耀自己持槍一事，所以也不須對大哥言明吧。

「貝琪也和我們一起，參觀了早晨的庭院喔。」

雅吉大哥的表情，有如拿起心想很重的行李，卻發現出乎意料地輕一般，顯得非常意外。

「只有這樣而已嗎……總覺得有點古怪呢。」

「走在剛下過雨的林木間小徑，感覺很舒服呢。『蝸牛枝上爬，神在天上，天下太平』（註27）喔。」

我引用上田敏的譯詩。

「『天下太平』嗎……」

大哥像隻鸚鵡般複述我說的話，我則反問他：

「──那麼，你呢？」

頓時鸚鵡像是成了鴿子，被豆子竹槍給打中了。

註27：此句是上田敏（一八七四－一九一六）譯自英國詩人羅伯特．布朗寧（Robert Browning，一八一二－一八八九所寫的詩，收錄在譯詩集《海潮音》當中。原詩出自詩劇《皮帕走過》（Pippa Passes），原文爲：The snail's on the thorn; God's in his heaven. All's right with the world.。

「妳是指什麼事？」
「阿六先生的事呀。第三樣東西應該寄到了吧。」
「啊啊，那個嗎？寄到了寄到了。」
「是什麼呢？」
「這個嘛……是『鈕釦』。」
「是襯衫的鈕釦嗎？」
「嗯，算是吧。但應該是大尺寸衣服的鈕釦。話雖如此，也沒有什麼特徵，只能認爲是一般的『鈕釦』吧。」
「這樣一來，『襯衫』——『眼鏡』——『鈕釦』。全都是穿在身上的東西呢。」
「是啊。可是，送來了第三樣東西後，我更是一頭霧水。再這樣下去，最後送來的東西到底會是什麼？該不會是襪子吧？」
他看來憂心忡忡。
四個關鍵全都送到後，我們才有辦法開始討論。下星期日下午兩點，如果大哥能到達那些物品所指示的地點，就是大哥獲勝；但如果大哥依然徘徊於五里霧中，就是阿六先生會大聲叫好。
的確，這場比賽對於提出暗號的人，眞是壓倒性地有利。簡直就像是双葉山橫綱與低階力士比賽一樣，結果幾乎是昭然若揭。

點心送來後，我呼喚貝琪前來房中。不出所料，她嚴聲婉拒，但我央求：

「我很希望妳能收下。今天是特例。否則的話，我會良心不安。」

被其他下人看到的話可能不太妥當，於是我用報紙覆蓋住開新堂的條紋包裝紙，再遞給她。都做到了這個地步，貝琪也只得收下。

「啊，對了對了。」

我邊遞出包裹，邊告訴她大哥收到「鈕釦」一事。貝琪思索了一會兒後，道：

「小姐，別宮很感謝您的好意，能否再答應小的一個請求呢——」

「什麼請求？」

「前陣子，您提起過服部鐘錶店的鐘塔吧。」

「是啊。」

「傍晚之後，鐘塔似乎會點亮燈火。我想比起白天，應該能看得更加清楚。別宮想在今日傍晚，去看看您之前說過的那個北側鐘塔——」

「哎呀，這點小事不用預先徵得我的同意呀。妳儘管去吧。」

「是。可是一旦入夜，我們就不能任意外出。能夠的話，希望能由小姐您吩咐我去銀座一趟爲您辦事，別宮不勝感激——」

——這樣一來便必須用車，小的非常過意不去。她惶恐地說。什麼呀，這點小事算不了什麼的。

貝琪會急迫地提出這種無理要求，也眞是難得。姑且不論這件事，同謀合議這種事還眞好玩。

我記得曾在四周天色變暗之際，與母親一起去過鳩居堂。於是說道：

「那麼，就佯裝是我臨時需要用到鳩居堂的信紙吧。我記得那裡的營業時間頗晚，這樣剛剛好呢。」

18

信紙在晚膳之後送達。由於貝琪與我之間還有其他下人，所以不是由她直接交給我。

翌日，前往學校的路途上，我在車內開口詢問：

「結果怎麼樣？」

「是的。小的停下車，試著在京橋那裡走了一會。三丁目與二丁目相接之處，便能斜向看見鐘塔的北側。」

「果然要自己親眼確認，才能解開疑惑——就是這種感覺吧。」

「全都多虧了小姐。」

「妳走過銀座大道了吧。」

「是的。」

「就是所謂的『銀座閒晃』吧。」

「是嗎?」

「是呀。啊——大哥曾說過,夜市是銀座的觀光勝地呢。」

「是,從日落的方向往東,攤販一字排開。雖說是銀座八丁,但其實是從一丁目到七丁目,並排著各式各樣的店家。」

「很好玩吧。」

「眞是非常抱歉。」

貝琪循規蹈矩地道歉。

「哎呀,沒關係啦。那妳有悠悠哉哉地到處閒晃嗎?」

「雖然稱不上悠哉,但因爲很有趣,我便向店家的人問了一些事情。」

「什麼事情?」

「哪一丁目的哪裡會擺哪些店家——聽說都有著嚴格的規定。店家爲了買下擺攤的權利,還要花上數十圓。行爲不檢的人,似乎無法加入其中。」

「那也是當然的吧。」

「因此,各丁目擺出的店家數量和順序,很少出現變動。別宮望著一間接著一間並排的店家後——忽然看到，有一間賣鈕釦的店。因爲才剛聽小姐說過，於是心想著：『哎呀，這裡也有賣鈕釦呢。』」

「…………」

我陷入沉思。貝琪似乎是不想打斷我的思考，停住不再說話。

進入青山時，我詢問貝琪。

「我聽說店家的數量，多達數百間，那麼各丁目大約有幾間呢？」

「是啊，應該是五十間上下吧。」

「那間鈕釦店，是在幾丁目呢？」

「在七丁目的竹川町。」

19

當晚，我前往父親的書房，與他商量。

「欸，爸爸的記憶力很好吧。」

父親將旋轉椅轉了一圈，愉快地注視著站立的我。

「喔，聽起來像是想挑我的語病呢。」

「才不。只是有一個非常乖巧老實的請求而已。現在白天時間變長了，即便是夜晚，外頭的風也很涼爽吧。」

「是嗎？若想傍晚乘涼，現在的時節還有點早吧。」

我走近父親，刻意撫向他的手。

「您在雇用別宮的時候，曾經說過——只要有她陪著我，想去哪裡都可以去吧？」

「嗯，是啊。」

應聲後，父親咧嘴一笑。

「——妳想去哪兒啊？」

「這個嘛，您聽了之後，可能會覺得太不得體——總之，因爲一些原因，我想去銀座的夜市。」

父親歪過頭。

「所以要吹夜風嗎？可是，妳想去的地方還眞奇怪。是小說或報紙上提到了夜市嗎？」

「才不是呢。有件事情想親眼確認一下。我並不是要一一看過所有攤位，只要看一眼竹川町的夜市就好了。不會花太長時間的。」

「只要竹川町？這就更奇怪了。」

「箇中原因，之後也會告訴爸爸的。我想明天找個時間去看看。」

我走到椅子後方，替父親揉起肩膀。

「眞的就只是看一眼？」

既然父親這麼說，就表示他心中的要塞已經淪陷了。

「眞的，當然。」

「沒辦法。在自家人面前，說要讓妳去夜市實在是難以啓齒——這樣子吧，明天晚餐，就由爸爸在帝國飯店請客吧。」

「哇啊，我舉雙手贊成喔！」

我像隻貓一樣，將腦袋蹭向父親的肩頭。父親又以沒什麼大不了似的嗓音道：

「回程時，妳就去看一眼吧。」

我乖巧應聲：

「知道了。」

「相對地，一旦下車，妳就要和別宮走在一起喔。那裡相當擁擠混雜，一定要緊跟著她，不能走散。」

「是。」

「說到夜市，聽說也有些地方會賣些亂七八糟的東西。但銀座不一樣。都是正正當當的店家，賣正正當當的東西。眞要說的話，夜市就像是平民的百貨公司，格調也跟其他的露天攤販不一樣。只要不被拉進小巷子裡，就不會有問題吧。光是看著人來人往，也許就能有所發現呢。」

父親這番話，有一半像是在說服自己。這時我開口了。

「說到發現，我先前教了別宮英文喔。」

之所以提起這件事，是因爲父親要我不能離開貝琪，要緊跟著她——根本把我當成了三歲小孩，所以才想讓他看看自己也是有一點長處的。

父親一怔。

「妳說什麼？」

「『發現』就是拿掉遮蔽物，也就是『discover』呀。我教了她這件事唷。」

父親的表情，從不可置信變作哈哈大笑。

「妳——妳教了別宮英文！」

我用掌心敲向父親的肩膀。

「什麼嘛，怎麼了嗎？」

父親瞇細著眼，邊捻著鬍子，邊重複說道：

「不，沒什麼。沒什麼。」

20

翌日，從學校返家後，我換上振袖和服，前往帝國飯店。

如同先前說好的，我和父親提早享用了晚餐。父親之後似乎還得去其他地方，因此像在喝水一樣火速灌下芭芭樂慕思（Bavarois）和雪酪等甜點。哎呀，畢竟這回的主要目的不是吃飯，所以匆忙一點正如我所願。

與父親分道揚鑣後，福特往前奔馳，最後停在七丁目的進口食品店龜屋附近。由於現下日頭時間較長，還有種薄暮的感覺。隨著夜色逐漸變濃，各自擁著兩個發光果實的街燈，散發出的光芒也愈加明亮。

銀座大道上的公車站旁，留有西式髮髻的女子及戴著學生帽的大學生，皆望著新橋的方向。代表市營公車的中央雙圓標誌，遠看就像是貝琪前陣子射穿的標靶。

左側的遠方，可以見到格外高聳的三越百貨頂樓燈飾。白天看去，那燈飾像是個巨大的鳥籠，但如今燈彩像在反覆流動般一明一滅，呈現出光之噴泉的幻像。

轉向對面，一字排開的夜市另一側，就見到滿是背影的人龍。

我們走向東側的道路。

「從這裡開始，就是七丁目吧。」

「是的。」

從大日本麥酒公司（註28）大樓的對面起，鋪設在人行道上的店家，首先是橡膠印章販賣店，接著是醬油仙貝——一直往下延伸。穿著罩衫式圍裙、戴著眼鏡的老婆婆，正在調整形似人偶架的台座上的物品。

正面寬度僅比大人張開雙手後略寬一些的店家，櫛比鱗次地銜接在一起。簡直就像是園遊會的模擬攤販一樣。

店家的屋頂像是將箱子的蓋子掀開至極致一般，這邊較高，朝向道路的那一側較低。這是爲了下雨時，能讓水滴掉向另一頭——同時，這種設計也便於觀看商品。

銀座的柳樹枝條垂掛在並排的屋頂上，就像是瓣子的髮尾，而舒服的涼風，輕輕吹動著細細的柳葉。

因擺設攤販而變得更加狹窄的人行道上，早已人潮洶湧。

在醬油仙貝店前方，一對疑似兄弟的小學生，戴著帽子，帽上還罩有象徵夏天的白布，站在一起不知在說些什麼。帽子的白就像是圓圓的蘑菇，在灑落而下的街

註28：大日本麥酒公司已於一九四九年因反托拉斯（壟斷）法，分割成朝日啤酒及札幌啤酒兩間公司。

燈光線中，特別鮮明耀眼。黑夜一降臨，天色就暗得很快。

「欸，貝琪。首先，我想確認七丁目店家的數目。爲了不出差錯，我們兩個人一起數吧。」

「是的。」

我們兩人一邊踩著石板路一邊前進，直至七丁目的尾端。

說話聲、木屐聲、鞋子聲，熱鬧吵雜地互相交錯。眞不愧是銀座，就連穿洋服的女子也不少。

「那間就是最後一間了吧。」

「是的，那是『即刻就好今川燒（註29）』。」

「好香唷。」

我剛剛才吃完了法式料理。價格的話，今川燒當然是無法比擬，兩者可說是雲泥之差。只是，一面吹著外頭的晚風，一面傳入鼻腔中的香氣，顯得特別誘人。這也是一個新發現吧。

那麼，一路從「橡膠印章」數至「今川燒」，我與貝琪核對共有幾間店家。一模一樣。見到我的臉龐散發出光彩，貝琪開口：

「小姐發現了什麼事嗎？」

「是呀。如我所料。眞是個好數目。」

我拿出事先準備好的筆記本。邊記下擺攤是哪些店家，邊折回出發的地點。感覺就像是成了地理學家，接連寫下異國地名一樣。這件事倒是耗了一點時間。

我睨著完成後的夜市一覽表，緩緩地揚起勝利的微笑。

「欸，貝琪，妳身上有零錢嗎？」

「是的，但不算多。」

「那麼——」

我指向其中一間店。

「能替我買下那個東西嗎？」

21

「給你。價格是十五錢唷。」

回到家後，我將那個東西交給雅吉大哥。

「這是什麼？」

他一臉茫然。

註29：即車輪餅。

「你很快就會知道了。猜對的話，就請承認我是個優秀的妹妹，稍稍尊敬我吧。」

「妳在說什麼啊？」

他更是偏頭納悶不解。

我交給他的東西，是個可以放在掌心上，十分可愛的黏土民俗工藝品。那是個雙手抱膝的北海道愛努族人偶，且繪上了繽紛的色彩。

翌日夜晚，當我在房裡看書時，雅吉大哥敲了敲門，但不待我回應就逕行打開房門。

「眞是失禮，居然擅闖淑女的房間。」

「妳爲什麼會知道！」

大哥臉上帶著驚訝與懊惱的神情，恨恨瞪向我。他伸出的手上，握著一個愛努族人偶。雖然和我給他的不一樣，但很顯然是同一種。

「果然。」

我則是從容不迫。

「是妳拜託大町告訴妳的嗎？」

「怎麼可能，我是自己想出來的。」

雅吉大哥以令人同情的嗓音問：

「……眞的嗎？」

「眞的呀。怎麼樣，尊敬我了嗎？」

大哥悔恨無比地揉著身體：

「就……就只有這一次啦。」

向我低頭表示佩服，他肯定懊惱得不得了，但又戰勝不了好奇心。對於事情爲何會演變至此，想必他現在已經忍不住想知道的心情了吧。

「那麼，我就告訴你吧。需要替你泡杯茶嗎？」

「這就不必了。」

於是我讓哥哥坐在淡紫色的沙發上，開始解釋。

「大町先生這回會想到用物品當作暗號來考你，其契機——正是我跟你說過的那件事吧？就是那本《即興詩人》。」

「是啊。」

「既然如此，那麼我想暗號的種類，或者該說是形式，其實與我們在學校裡玩的遊戲，是相去不遠的。也就是說，有某個東西就像是『書』一樣，是個源頭，其中的某些部分，指示出某幾個字。」

「嗯嗯。」

「這個暗號，是大町先生與你在銀座見面後，聊天時忽然想到的。還有，謎題解開後，會指出銀座裡的某個地方。這樣一來，關鍵源頭很有可能就是在『銀座』裡吧。」

「……應該是吧。」

「然後對方送來的，是物品。哥哥你起先說過，『那是一件很像在夜市裡買來的襯衫』。那麼，『物品』排列所依照的一定順序，就是來自『夜市』囉。就連『鈕釦』，在夜市裡也買得到吧？」

「……………」

「而眼鏡是以往戴過的舊東西。但是，那是因爲重新再買眼鏡太浪費錢了。夜市中也有店家在賣『眼鏡』，不是嗎？所以關鍵，應該就是銀座的知名觀光地『夜市』吧？」

大哥一臉詫異。

「夜市是關鍵？怎麼說？」

「哥哥你曾說過，銀座裡有好幾百家的攤販。說不定，用銀座八丁的丁目加以整除後，就會出現某個數字喔。」

「某個數字？」

「——就是四十七喔。伊呂波歌（註30）的四十七個字。」

「啊……」

雅吉大哥張大了嘴，幾乎能放進一個今川燒。

「七丁目的竹川町裡，有賣『鈕釦』的店家喔。還有呀，我數了數竹川町的攤販數量之後，發現正好是四十七家呢。而且其中剛好有賣『襯衫』、『眼鏡』、『鈕釦』的店唷。」

「妳去看過了嗎？」

「嗯，我得到了爸爸的許可，當作是社會見習，去參觀了一下。」

「嗯──」

雅吉大哥發出沉吟。

「銀座八丁，是以京橋方向的一丁目為起點。所以七丁目的攤位，也可以從京橋往新橋的方向，依序搭上『伊呂波歌』。換言之，『七丁目的夜市』就相當於是我們的『書』；『假名字母的位置』就相當於是『物品』。」

我站起身，從桌上拿起早已準備好的便條紙。

註30：伊呂波歌（いろは）是日本古人利用日語假名排列而成的一首詩歌，用到了當時所有的假名字母，卻毫無重複。名稱來自頭三個字，所以稱為伊呂波歌。

橡膠印章（イ＝I）
醬油仙貝（ロ＝Ro）
襯衫（ハ＝Ha）
褲子的吊帶（ニ＝Ni）
生活用品（ホ＝Ho）
骨董（ヘ＝He）
鈕釦（ト＝To）
兒童橡膠鞋（チ＝Chi）
愛努民俗藝品（リ＝Ri）
刷子・撣子（ヌ＝Nu）
畫框（ル＝Ru）
樟腦丸（ヲ＝Wo）
木屐（ワ＝Wa）
鞋子（カ＝Ka）
小荷包（ヨ＝Yo）
自動鉛筆・鉛筆（タ＝Ta）
鐵網（レ＝Re）
兒童帽子（ソ＝So）
眼鏡（ツ＝Tsu）
舊雜誌（ネ＝Ne）
冷藏盒（ナ＝Na）
印刷（ラ＝Ra）
掛軸（ム＝Mu）
小荷包（ウ＝U）
木屐（ヰ＝Wi）
陶瓷（ノ＝No）
安全剃刀（オ＝O）
西服褲（ク＝Ku）
門牌（ヤ＝Ya）
皮帶（マ＝Ma）
襪子（ケ＝Ke）
襯衫（フ＝Hu）
工作服（コ＝Ko）
畫框（エ＝E）
舊書（テ＝Te）
鋼筆（ア＝A）
鮮花店（サ＝Sa）
蘆葦門（キ＝Ki）
簾子（ユ＝Yu）
刀具（メ＝Me）
襯衫（ミ＝Mi）
辣椒（シ＝Shi）
手電筒（ヱ＝We）
壓力桶・幫浦（ヒ＝Hi）
醃蘿蔔（モ＝Mo）
雛人偶（セ＝Se）
今川燒（ス＝Su）

「也就是說，如果想指出龜屋這間店的話，只要依序送來『鞋子』、『刀具』、『門牌』就好了。這樣一來就是『Ka・Me・Ya』。」

「……但賣『襯衫』的店有好幾間呢。」

「是呀。所以，在還不知道最後一個字時，會有三種解答，『Ha・Tsu・To・─』、『Hu・Tsu・To・─』、『Mi・Tsu・To・─』。但實際上，對方也許早就送來了能讓你察覺到，他是在哪一家店買襯衫的提示了喔。不過，這點不必去管。只要去思考，這回的問題，一開始是從哪裡起頭的就好了。你看，三個選項當中，哪一個是正確答案──那麼就連接下來會送什麼，都能輕而易舉地猜到吧？」

「咦？」

大哥慌慌張張地再看了一次一覽表。

──只要再加進『愛努民俗藝品』的『Ri』，四個文字便成了『Ha・Tsu・To・Ri』（註31），大功告成。

註31：即「服部」的日文讀音。

22

星期天，我穿著五分袖的白色連身裙，再戴上毛氈製的白色帽子，與大哥一同穿過服部鐘錶店的大門。

轉頭看向左手邊，壁上的時鐘正顯示出，目前時刻將近下午兩點。正好是約定的時間。

完全不用特意尋找。在通往地下賣場階梯的時髦扶手前方，放置著休息用的沙發，一名戴著厚重眼鏡的青年正坐在那裡。

他的頭頂上方掛著吊燈，身旁放著很有南國風情的觀葉植物。是個非常適合等人的場所。

六助先生正沉迷在書本世界裡，應該是爲了打發時間吧。他絲毫沒注意到我們。

大哥跨著大步走去。

「大町——」

六助先生彷彿忽然被拉回現實世界裡。

「噢！花村，眞虧你解得出來呢。我本來做好覺悟，今天要空等一整天了

——」

大哥驕傲地挺起胸膛。

「眞是太簡單了。」

六助先生驚豔地看向我。

「哎呀，這可眞稀奇。令妹也和你一起過來了嗎？」

我端莊優雅地行禮。

「您好，我是英子。」

六助先生道：

「哎呀，還是跟以前一樣漂亮呢。」

大哥哼笑一聲。

「算了算了，這種顯而易見的恭維話就免了。就是因爲這樣，你才需要戴眼鏡。」

六助先生不理會哥哥的胡言亂語。

「今天出來買東西嗎？」

「不。今天哥哥爲了獎勵我，要請我吃千疋屋的桃子雪酪。所以我才會一起同行。」

「喔，獎勵？爲什麼要獎勵妳？」

大哥像個無賴漢在招攬客人一般，捉起六助先生的衣袖。

「沒什麼大不了的。今天天氣很好，梅雨也停了。好了，起來，快走吧。」

我跟在他們兩人身後，同時在口中輕聲哼唱：

「……要不要一起去銀座八丁呢？」

City Lights

城市之光

1

用過晚飯後，枇杷被放在志野器皿（註1）內呈上餐桌。

爲了方便剝皮，尖尖的那一側切掉了一部分，所以看起來就像是個尖端平坦的小巧橙色雞蛋。聽說哥倫布曾壓碎水煮蛋的一端使它站立，桌上的枇杷看來就像那個樣子。其實按照理論，讓平坦的那一方朝下，會比較穩定。

不過，切開來的那一面露出了栗色的種子，就像是個正在玩捉迷藏的小孩，露出了一顆小腦袋瓜般。水嫩欲滴的斷面上，位於圓形中央的種子成了焦點，形成一幅有趣的模樣。那些枇杷切面朝上，整整齊齊地並排著。

另外，枇杷的橙色，與志野器皿的繽紛白色互相襯托，顯得極爲美麗。

這種時候，正是掌管廚房之人展現自己實力的機會，也正是其取悅主人之處。然而，雅吉大哥絲毫沒有欣賞的雅致，只是不斷伸長了手拿取枇杷。簡直就像是個吃水果的機器。

註1：志野器皿是指以「志野燒」燒製方式製作的陶器，在日本已有四百多年歷史，外形樸實厚重，像是信手捏成。

「最近實在太悶熱了。爲了不輸給這份熱氣，最好的方法就是攝取水分和維他命C。」

看來飯後甜點的枇杷，是大哥親自指定的。我邊優雅地吃著，邊開口：

「天氣炎熱時，不就是要吃鰻魚嗎？」

「現代人要再科學一點才行。這樣還是不行的話，就去避暑。」

「也就是一溜煙逃跑吧。」

雖然我如此應和，但自己也沒有資格責備哥哥。很快就要放暑假了。一到土用（註2）之際，我就打算揮別帝都和鰻魚，奔向輕井澤的懷抱。

在那裡，我可以時而至瀑布邊遠足，時而去牧場參觀。騎著腳踏車馳騁在白樺林當中也很好，而且光是想像就覺得身心舒暢。直到現在，我還記得去年夏天，撫過耳畔，具有透明感的涼風觸感。

「就算是在東京，帝國劇場那一帶，也是很棒的避暑勝地喔。聽說這個月會有劉別謙（註3）的電影上映。但是那裡的冷氣開得太強了，甚至讓人覺得冷。腳邊冷颼颼的，簡直就像是鞋尖踩進了看不見的淺灘一樣。」

「這就是所謂的過猶不及吧。」

「嗯。任何事情，都要考慮到適度這個問題。」

「——既然要考慮適度，哥哥你也別再吃了吧？肚子也是身體的一部分唷。」

大哥含糊應了聲後，終於停了手。我又說：

「說到電影，那些無聲電影解說員遭到裁員，引發了不少糾紛呢。」

默劇需要解說人員，所以不久之前，解說員都還是與演員並駕其驅的光鮮職業。但是如今，無聲電影已逐漸沒落、減少。

「嗯。畢竟現今是有聲電影的全盛時期了。帝國劇場一開始就沒有解說員，而邦樂座、大勝館和電氣館（註4）——這些規模較大的場所，都已接二連三地解雇了他們。也就是不能把錢花在不必要的東西上吧。」

「在這種不景氣的情況下遭到解雇，他們一定很苦惱吧。」

「可是，如今已無法擋住時代的趨勢了。就連日本，往後也不會再拍無聲電影了。一旦看過《摩洛哥》和《巴黎屋簷下》等有聲電影，觀眾就再也無法回去看默片了。就連《泰山》，也是因爲可以聽到男主角『啊嗚啊嗚啊——』的吶喊聲，才

註2：立秋前十八天，天氣正熱。

註3：恩斯特·劉別謙（Ernst Lubitsch，一八九二—一九四七），德國電影導演，對喜劇片的影響甚大。

註4：邦樂座是表演日本傳統音樂的劇院。大勝館是一九〇八—一九七一年間曾存在過的日本電影院。電氣館則是一九〇三—一九七六年間曾座落在東京淺草的電影院。

會那般大受歡迎吧。」

「但就算沒有聲音，卓別林還是很有趣啊。」

卓別林是最近曾來日訪問，且大受歡迎的喜劇天王。從小時候起，我就經常見到這位留有小鬍子的叔叔。依據每個府上的規定，都會將可以看和不可以看的電影區分開來。而卓別林的電影無論在哪個府上，大抵都會歸到可以看的那一類。他往後也會拍有聲的電影吧。可是，我並不認爲他以往的作品就會因此失去價值。

大哥環抱著手臂說：

「嗯。卓別林的才能卓越出眾，這點是有目共睹的。可是——也正因如此，他沒能晚十年出生，眞叫人惋惜。」

「爲什麼？」

「好比說《城市之光》（註5），如果是以有聲電影拍攝的話，就能一直流傳至後世了吧。」

《城市之光》這齣電影，是貧窮紳士卓別林爲了一名眼睛看不見的少女，費盡千辛萬苦爲她籌措手術費的有笑有淚故事。

「無聲就不行嗎？就像是日本畫和西洋畫一樣，各自有其特別之處吧。也就是說，毛筆和畫具是不能相提並論的吧。」

「嗯，妳那種見解也是可行的。可是再過不久，解說員這個職業就會徹底消失。而且以後播放電影時，一旁也不會再附有樂團。現在還不打緊。可是再過幾十年，缺少解說員和樂團的情況下，觀眾要怎麼觀看無聲電影？也不會有電影院再上映了吧。」

經他這麼一說，我也感到苦惱。我以指尖輕敲著志野器皿的邊緣，突發奇想：

「既然如此，只要連同解說和音樂，一起錄音下來不就好了嗎？所謂的有聲電影，也是這樣製作出來的吧。這樣子做的話，無論是《城市之光》還是其他電影，都可以在任何地方觀看了吧。」

大哥大感出乎意料。

「——妳的想法還真新穎啊。」

「可是，你不覺得很有道理嗎？」

「之後再為畫面加上聲音嗎——這個嘛，只要技術不斷進步，是有可能做到的吧。」

「對吧？」

正當我有些志得意滿之際，父親透過下人呼喚我們前往。

註5：《城市之光》原文為《City Lights》，日本將電影譯名譯為《街燈》。

2

傳話的內容是：兩個人都到會客室來一趟。不知是來自靜岡還是哪裡的地方公司社長，傍晚時登門造訪。父親似乎是與他一同用餐，一邊討論公事。

來到會客室後，只見偌大的桌子上放置著出乎意料的物品。

父親靠在長椅椅背上，撫著鬍鬚說：

「——是對方送來的東西。」

是那位社長帶來的見面禮。是個鳥兒的標本。

標本的設計是讓鳥兒停在樹枝上。擁有優美弧度曲線的樹幹，在中途旁分錯節。鳥兒正用牠帶有熟透枇杷色澤的纖細爪子，勾住那附近的樹枝。鳥喙也是相同的明亮橙色。鳥兒的大小約莫與鴿子差不多，整體呈黑色，但仔細一瞧，從身體直至尾羽的部分，散發出吉丁蟲般的青綠色光彩。胸口部分的藍彩較背部鮮豔。

「聽說牠在森林裡頭振翅飛翔的時候，會依據光的照射角度，反射出更加美麗的光彩呢。你們都沒看過吧。這可是非常罕見的鳥兒。」

父親像是自己捕到了這隻鳥般，驕傲地說道。

提及裝飾在壁龕上的鳥類，一般都是雉雞或日本山雞吧。有川小姐的宅邸裡，還裝飾著張開翅膀的老鷹標本。

「那是當然的吧，就是因爲罕見才會送來呀。」

大哥應道。

「嗯，是啊。不僅如此，牠還是種非常珍貴的鳥兒喔。聽說是靈鳥。」

「叫什麼名字？」

父親像是要吊我們胃口一般，先頓了一拍後才回答。

「是三寶鳥喔。」（註6）

「哎呀，我有聽過唷。」

「聲音嗎？」

大哥調侃道。我不理會他。

「牠會發出『Bu・Po・So』的叫聲。就是牠的啼叫聲很尊貴吧？」

父親頷首。

「嗯。雖說是現學現賣，但『佛』就是佛祖，『法』就是其教義，『僧』就是習得教義後再加以推廣的僧侶。這些被稱作三寶，自古至今一直備受敬仰。弘法大師在高野山修行時，就是聽到了三寶鳥的叫聲，深受感動：『啊啊，就連鳥兒也懂

註6：日文唸作 Bupposo，漢字寫作佛法僧。

得鳴叫三寶之聲。』聽說當時還情不自禁地作了一首漢詩。」

「怎樣的詩？」

「這點我就沒再問了。不過，無論如何，這都是隻了不起的鳥兒喔。」

「……將這樣的靈鳥做成標本，眞的妥當嗎？」

父親將原本捻著鬍鬚的手伸至頸後，搔了搔頭。

「妳這麼問，爸爸也不知怎麼回答。嗯，不過佛祖殿下心胸寬大，應該不會爲了這點事就降下天譴吧。」

自古至今，和歌當中就經常詠頌花鳥草木。與三寶鳥有關的歌，一定也爲數不少吧。

我升上中年級以後，每當遠足或是體操會結束，就得開始寫和歌。格式是五七五七七共三十一字的短歌，但寫的全是雞毛蒜皮的小事，好比說挖芋頭有多麼有趣，或是跳舞跳得眞是優美等等。總之，和歌方面的教養是必須的。還有些小姐以一副什麼都知曉的神情說——一旦決定了未婚夫，就要寫和歌送給對方。姑且不論華族，在我看來，這種作風實在是難以理解。眞到了那時候，如果要在詩箋上寫下「親愛的夫君」之類的句子，我搞不好會渾身發癢到不由得跳起舞來呢。

不說這個，連在學校的老師當中，也有些是享有盛名的和歌詩人。

翌日上課時，老師提到了，古來風雅之士經常去聆聽杜鵑的啼叫聲。待老師的講解告一段落，我試著提問：

「三寶鳥的叫聲呢？他們都不會去聽牠的叫聲嗎？」

白髮蒼蒼的老師眨了眨上眼皮鬆垮垮的雙眼。

「喔……怎麼會突然問起三寶鳥呢？」

「是的。因爲我家昨天收到了三寶鳥的標本。」

頓時，教室裡竊竊私語聲此起彼落，「哎呀！」、「那是什麼鳥兒呢？」老師抬手制止眾人，然後頷首。

「那可眞是貴重的禮物哪。」

爾後老師向同學們說明由來，但我早已在家中聽過了。接著他又介紹了幾首古歌。說到詩歌，這位老師就像是一本會走動的大百科辭典呢。

「即便是現代，和歌詩人若山牧水也曾到鳳來寺山上，聽鳥兒的鳴叫聲作和歌。另外，島木赤彥也曾在木曾的深山中，如此詠唱。」

道畢後，老師在一排排的古歌旁，提起粉筆喀喀喀地振筆疾書。老師擁有一手好字，龍飛鳳舞，但我們不太容易看懂。

佛法僧鳥啼叫時　溪流水聲響　深山夜空中

我心頭一跳。

一時眼花，我竟看成了「佛法僧鳥驚叫時」。

3

一放暑假，我就動身前往輕井澤。往年都是開車直接前往上野車站，但今年卻不是如此。

七月一日起，御茶水及兩國之間的電車正式開通。正式開通——雖只是這麼簡單一句話，但其實是件很了不起的事。畢竟市營電車已經在地面上馳騁，而且京濱線、山手線也已開通了。因此，這回竟是在三層樓高的地方開通了新的鐵路。完全就是在空中飛翔的電車。倘若明治時代的人抬頭看了，一定會吃驚得下巴險些掉下來吧。我頓時覺得，自己眞的是活在新時代裡呢。

當時蔚爲話題的，即是從秋葉原車站正門連向高架鐵路月台的電動手扶梯。據說那座電扶梯長二十二公尺，共有一百五十階，眞是無比驚人。

雅吉大哥早早就前往親身體驗，回來後直跟我講解它的構造如何如何，眞教人厭煩。

在我提出了任性的要求之後，一行五人便搭著帕卡德前往秋葉原車站的御成街道口，然後搭上電動手扶梯。一行人包含母親、我，還有阿芳他們，特別的是這次也將廚師前島帶往了輕井澤。反正忙碌於工作的爸爸，和忙於觀賞戲劇的雅吉大哥，會在外頭解決三餐吧。

從新鐵路的挑高月台上，眺望早晨的東京街道，那種心情眞是說不出的愉快。然而在上野換車之後，隨著時鐘的指針與火車不斷前進，日頭也愈來愈毒辣。

「我們是往北邊前進不是嗎？」

前島發起牢騷。

「是呀。」

「明明如此卻愈變愈熱，實在太沒道理了吧。」

至於行李，昨天已先放進了貝琪的福特裡，請她先行送去。開車一路駛至輕井澤不是件容易的事，聽說過去就是因而開拓了東京前往輕井澤的道路。我之所以會提出任性的要求，就是希望貝琪也能一起去輕井澤。當然，我以「如此一來坐車途中，行李會比較簡便」的論點來說服大家。然而，纏繞住整副身體的熱氣有如無形的行囊，卻是怎麼卸也卸不下。

到了高崎時，一行人皆氣喘吁吁地再度一同瞪著天空。直到電車穿過了一次又一次隧道後，我們也褪下了一件又一件的薄衣，才終於覺得涼爽許多。

當我們抵達熊平車站，四周的景色已是群山環繞。這個站名還眞像是武俠小說裡會出現的名字呢，就好像在那邊的山谷，或是這邊的森林裡，會有熊出沒吧。

由於此處是單線鐵軌，上行火車與下行火車會在這裡交錯。在等待的期間裡，清涼的風像是水流一般自車窗湧入。

到達輕井澤車站，便看見貝琪前來迎接我們。很可惜地，因爲天色有些灰暗，無法清楚看見淺間山。母親與我搭著福特，阿芳他們則是搭上計程車前往別墅。

負責管理別墅的門脇夫婦，由於經常整頓環境，草坪永遠是那麼乾淨整潔，庭院裡的椅子也馬上就能坐下。

總之，我們先在餐廳喝了杯茶後，便走向房間，整理運至房內的行李。杜鵑的啼聲，從向東敞開的窗戶傳來。不只一隻。似遠若近，彷彿其中一方在佯裝自己是回聲。

我家別墅的東邊，隔壁的再隔壁，其實是桐原侯爵家的土地。但是那裡占地極廣，甚至有一萬坪或兩萬坪，因此將這件事掛在嘴邊說，會令人覺得相當愚蠢。

由於中間隔著白樺木與落葉松樹林，因此從這裡是看不見桐原家別墅的。

而且我與他們的關係又不如有川小姐那般熟稔，若要主動登門造訪，地位又相差懸殊，令我覺得相當彆扭，亦不敢行動。就連在學校裡偶爾遇見道子小姐，彼此也僅是互相點頭致意。除此之外再無其他。

關於之前開槍射擊那件事，也不曉得她有沒有從勝久少爺或麗子小姐那兒聽說呢。

4

沒想到，我卻在出乎意料的情況下，遇見了那位道子小姐。

從東京來到輕井澤，就像是從人界的夏之國度，忽然間闖進了異世界般，好一陣子我光只是信步閒晃，也覺得非常開心。無論是附近的樹林還是小徑，都覺得像是初來乍到般，非常新奇。但我畢竟已經不是小孩子了，還不至於摘下成堆的野莓帶回家，卻吃也不吃。只是花草樹木的紅綠色彩，以及沙沙作響的樹林，都讓我看得目不暇給。

又過了兩天，吃過早飯後，我出門散步。並沒有特定要去哪裡，就只是四處閒逛。

我與金髮的少年少女擦身而過。他們很像是格林童話等故事裡會出現的孩子。又走了一陣後，一輛車捲起了砂塵自前頭駛來。為了避免沾上灰塵，我走進小路。

道徑變得狹窄，腳邊也略有潮濕之氣，但木頭的香氣令人著迷。忽然，我聽見喀沙喀沙的葉子摩擦作響聲。仰起頭後，我正巧與松鼠的目光對上。下一秒，枝頭晃動，牠轉身露出自己的大尾巴，飛也似地逃走了。真是可愛。松鼠離去後，上方只殘留著水色的天空。上頭掛著幾抹白雲，就像是羽毛沾上了白色顏料後，輕輕在天空上一撇那般。

繞過一個和緩的彎道後，只見前方站著一名身穿白衣的男子。對方身材高大，頭上戴著像是探險隊在戴的帽子，還戴著黑框眼鏡。

他朝我瞥來一眼，然後裝作沒看見似地交叉手臂。他面向彎道的前方，看來是在等著某人到來。

怎麼辦，該折返回去嗎——我暗暗苦惱之際，從林道的另一頭傳來了極有規律的馬蹄聲。噠噠噠、噠噠噠，馬蹄以這樣的節奏踏在濕潤的泥土上。不久後，馬蹄聲急遽變緩，成了噠、噠、噠、噠的聲音後，一隻栗色的馬匹出現在落葉松樹之間。

「哎呀……」

訝異的輕喃聲從高處傳來。那是身穿白色騎馬服、駕馭著馬匹的道子小姐。我吃驚地張著嘴巴。

白衣男子見到道子小姐朝我發出驚歎聲，因此再一次轉頭看向我。

……我正巧撞見了幽會的場景嗎？

我腦中浮出這個想法，正覺得有些困窘之際，道子小姐拉起馬匹的轡繩，動作熟練地自馬背上翩然躍下。黑色的騎馬靴落在泥土上。

她收攏在帽子底下的頭髮，剪得比之前上學時要短了些許，整體很有避暑勝地的千金小姐氣息。循著輕井澤的道路往下走，右手邊有間知名的理髮店。蓄著短鬍子，又綁著蝴蝶形領結的老闆專門替人剪髮。大家都是去那裡剪髮的。像道子小姐這般身分崇高的人，也許還會直接請對方到家裡呢。就連夏天結束後回到東京，也有些小姐剪髮時，會特地請這位名人走一趟。那麼只是請對方從街上來到別墅，也沒什麼大不了的吧。

道子小姐以不變的睏倦慵懶的目光注視著我，輕輕點頭致意。我也回以：「日安。」

這一帶已經是桐原家的土地了吧。如此看來，道子小姐會出現在此也不足爲奇。

道子小姐指向白衣男性。

「我向妳介紹一下，這一位是由里岡子爵家的光輔少爺。」

「啊……」

男子脫下探險隊的帽子點頭行禮。是雅吉大哥說過的，被我們學校男子學院開除學籍的那個人。

「妳認識他嗎？」

「有聽大哥提起過他的事蹟……似乎是位非常厲害的薩克斯風演奏家呢。」

道子小姐揚起微笑。

「眞是了不起呢，由里岡先生。看來您的名字已經威震四方了唷。」

哪裡，您太誇大了——由里岡先生滿臉喜色地謙虛回道。道子小姐先提起我父親的公司之名後，才說：

「這一位是社長千金英子小姐。」

由里岡先生恍然大悟。

「既然如此，那就是花村的妹妹吧。和妳大哥聯想不起來呢，眞是位美人。」

看來是位油嘴滑舌的人。

道子小姐伸長手，撫摸栗色馬匹的臉頰，最後介紹道：

「還有，牠是艾克路易。是我的朋友唷。」

小時候，我曾經騎過小馬。但長大之後，母親就叮囑我「千萬不能騎馬」。因爲她說：「萬一腿形變差可就糟了。」但有不少貴族小姐都在騎馬，我想這是母親的觀念錯誤吧。不過，因爲我不擅長運動，便很乾脆地遵從了。

再一次在近距離下觀看之後，馬這種生物眞的是大得嚇人。簡直像座紅褐色的小山。從泥土色的前胸直至前腳上方，都浮現著鮮明駭人的血管。

「昨晚，我也有幸聽到了由里岡先生廣受好評的音樂呢。之後與他談了一會兒天之後，他便說他還沒騎過馬呢。」

「哎呀……這種武人般的行爲，我實在是感到棘手……」

「哎呀，就連我這樣的小姑娘，都裝模作樣地在騎馬了呢。想必任何人都不成問題的。」

道子小姐天眞爛漫地反駁。

由里岡先生心情極佳地說：

「因此呢，小姐便提議，『明天早上，讓我騎騎她的馬』。」

在輕井澤這裡，四處都有出借馬匹的店家。他居然爲了這件事笑得這般高興，就像是古人說的射人先射馬呢。不不不，由里岡先生愛慕的女性，應該是姊姊麗子小姐才對吧……

「這是我平日慣乘的馬。我也經常在這條小路上來回奔馳。來吧，由里岡先生，也讓英子小姐看看你的英姿吧。」

道子小姐將馬兒轉了個方向。

我看向由里岡先生的腳邊，發現他穿著貌似是爲了郊遊而準備的運動鞋。

「哎呀，眞叫人緊張哪。」

由里岡先生戰戰兢兢地將手探向馬鞍。這時，馬匹忽然劇烈地用後腳蹬向泥地。

瞬間，道子小姐以細小卻尖銳的嗓音怒斥：

「——艾克路易！」

當時，我正巧看見了道子小姐的表情。雖然只出現於電光石火的一瞬間。她蹙起眉，嘴角上揚。令我覺得：這個人也會有這樣的表情嗎？注意力全集中在自己手心和腳邊上的由里岡先生，應當完全沒發現吧。

道子小姐的右手反手握著鞭子，以同一手拉過艾克路易的轡繩，再將左手貼在牠的頸項上。光是如此，馬匹就像凍結般一動也不動。道子小姐立即變成盈盈的笑臉，將臉龐貼在馬兒的臉上磨蹭起來，溫柔地小聲耳語著什麼。

看來她已經安撫住了馬兒的情緒。

「來吧，請趁現在坐上來。」

由里岡先生動作僵硬地，好不容易才坐上馬匹。

「哎呀，眞驚人，比起在下面看，還要來得更高呢。一想到要坐在馬上移動，說實在話，眞叫人膽顫心驚啊。」

「您說這話，還眞像是個小孩子呢。」

道子小姐發出了山鴿啼叫般的咯咯笑聲。

5

「請您先抓緊韁繩，雙腳貼緊馬鞍——那麼，試著慢慢走幾步吧。」

道子小姐將手抽離馬匹的頸項。下一秒，艾克路易立即用力哼了聲，然後像是從彈射器彈出的軍用機，起腳狂奔。

「呀！」

我驚叫出聲。由里岡先生應該是嚇得連聲音也發不出來吧。馬兒身後，上下激烈搖晃的尾巴，躍進了我的眼簾。雖然在這種情況下不太恰當，但我不由得心想：馬的尾巴原本就那麼長嗎？

由里岡先生拚命地攀住馬鞍。出乎意料地，他竟能與之對抗好一陣子，但好景不常，約莫在馬兒跑了十公尺後，他就被甩下馬背。

艾克路易甩下背上的東西後，彷彿在說自己的任務已經達成般，停在前方稍遠處，回過頭來看向我們。牠的嘴巴大幅搖動，像是在笑一樣。

「您沒事吧？」

我們奔上前察看。由里岡先生倒在路邊的草叢裡，邊發出呻吟聲邊扭動身子。似乎是身體哪處受到了強大的撞擊。

道子小姐朝白花盛開的草根附近伸長手臂。雖然我並未注意到，但眼鏡似乎是掉在那裡了。

由里岡先生立即咬緊牙關，按捺下呻吟聲。想必是因爲有我們兩位年輕姑娘正盯著他瞧的關係吧。

「……我、我沒事……眞是讓妳們見笑了。」

他勉強擠出笑容，但嘴形變得與艾克路易有幾分相似。

道子小姐走上前彎腰察看後，由里岡先生勉爲其難地坐起身。痛楚似乎正一點一滴褪去。他以左手接過道子小姐遞出的眼鏡。

道子小姐大感同情地致歉：

「眞是非常抱歉，是我太輕率了。竟然輕佻地建議您騎上女孩子騎的馬，眞是太不應該了。」

由里岡先生依然感到疼痛地笑著，左右搖頭。

「您的手沒事吧？」

「嗯，好像是肩膀撞到了樹根還是其他東西……」

眼鏡僅是飛出去了，框架並未撞歪。由里岡先生以左手戴上眼鏡。

「右手還能動嗎？」

「嗯……」

應聲後，薩克斯風的名演奏家將放在膝蓋上的右手，一下握緊一下鬆開。

「……手指還能動，應該沒有骨折吧。而且已經不那麼痛了。我想再過一個星期，應該就會復原吧。」

好幾片變作茶色的落葉松樹葉，沾黏在他右肩的衣服上。由里岡先生彷彿是只要拿下它們，受傷部位就會緩和許多般，以能夠自由動彈的左手捏起葉子，再撣回地上。

「……若是如此，那就太好了。」

這時道子小姐哀傷地蹙起柳眉。

「我有個不情之請。」

「嗯？」

「我勉強讓您坐上了我的馬匹，又害您受了傷——這件事若被他人知曉，可就糟糕了。」

「……哪、哪是什麼勉強呢。不，眞要說的話，應該是我主動拜託妳的才對吧。」

由里岡先生舉起左手忙不迭地猛搖。道子小姐左手拿著皮鞭，右手邊撫著鞭子邊說：

「能聽到您這麼說，我眞是鬆了一口氣……那麼，您不會宣揚出去吧……」

道子小姐以細若蚊蚋的嗓音表示，由里岡先生則挺胸毅然答道：

「——我明白了，請妳不必擔心。哎呀，反而是我想拜託妳別告訴其他人呢。畢竟乘上小姐妳的愛馬，身爲男人的我卻被甩了下來。要是被人知道了，可不是一件光彩的事呢。」

他開朗似地哈哈大笑，但怎麼看都像是在強打精神。

「謝謝您……然後還有這一位。」

道子小姐轉頭看向我。

「咦、嗯……」

「英子小姐，妳也願意保密吧？」

當事者之間都已經達成協議，身爲旁觀者的我，也只能點頭。

「他的帽子飛去哪兒了呢？」

我提出自己在意的問題後，道子小姐輕舉起鞭子，指向一旁的草叢。我馬上就見到一頂帽子正勾在草叢上。

我走進綠意當中，撿起後遞給對方。由里岡先生隨意地戴上。

「那麼，我先失陪了。」

語畢後，他便轉身背對我們邁開步伐。背影的其中一隻手，正無力地垂掛在身側。

「那位少爺在這附近擁有別墅嗎？」

「——他似乎是住在飯店裡。」

特地走來了這個地方，卻負傷回去，眞是得不償失。這一天眞是他的倒霉日呢。

艾克路易從方才起，就像是閑得發慌似地一直等著主人。道子小姐走至牠身旁，手握住馬鞍，輕輕鬆鬆地坐至馬背上。

我開口了。

「能請教您一個問題嗎？」

「請說？」

「艾克路易這個名字，是有什麼意涵嗎？」

道子小姐坐在高處，天眞爽朗地微笑，邊撫著栗色的鬃毛邊回答我：

「——是松鼠的意思唷。」

6

聽說松鼠非常聰明機靈。就連法國一位有名的首相還是大官，也以松鼠的圖樣製造徽章。不過，只要給牠核桃，牠就會開心得不得了。而在輕井澤的街上，也有販賣核桃。

避暑勝地的最大樂趣之一，就是蹬著腳踏車，前往「街上」買東西。不僅是我，就連伯爵千金有川小姐，也能不帶隨從，自己走進商店裡，自己出錢買東西。這是在其他地方做不到的事。輕井澤的街道上，可見一整排的橫書招牌，而街上見到的都是華族貴族及外國人的身影——只有這個既是日本，又不像是日本的特別地方，才會出現這種景象。

有川八重子小姐一整個七月都在鎌倉的別墅度過。到了八月，她爲了尋求高原的涼風，轉移至此處。她抵達之後，我們立即一同騎著腳踏車，前往街上。

上午，是車潮洶湧的時期，而到了黃昏與這個時間，街上則是人來人往。

我按照預定買了核桃，八重子小姐則是買了可愛的瓶裝果醬。兩人一同牽著腳踏車，走在馬路上時，正巧一名拿著手杖的青年紳士從小島屋店內走出。小島屋是賣玩具的店舖。紳士的左手上正抱著一綑煙火。

「哎呀，您好。」

紳士親切地寒暄。他是以日出之姿急速竄起的新興財閥，瓜生家的嫡長子豹太先生。由於這名字很奇特，我立馬就記下了。至於他的厲害父親，因爲是在寅年出生，被取名爲寅之助（註7）。想必是他父親是基於「希望兒子能在商場這條道路上，如同勇猛威武的自己」這樣的心願，才會取豹太這個名字吧。不過，儘管豹太先生眼中有一抹精明幹練之色，但外表看來仍是個都市少爺。

「前陣子眞是失禮了。」

我回禮致意：

「不不，您的舞跳得眞是好呢，尤其是探戈。」

由於前陣子我受邀前往瓜生家的舞會，兩人之間才會出現這樣的對話。每個星期，新格蘭飯店都有舞會舉行。除此之外，每晚也都有別墅會舉辦舞會。桐原家的道子小姐也出席了瓜生家的舞會，當時她踩著不讓人看出自己有多精湛，但又分毫不差的舞步。

「我向您介紹一下吧。」

我向後退，向他引見八重子小姐。

「當時還有十六釐米底片的放映會呢。」

豹太先生的興趣，就是拍迷你電影。在舞會開始之前，大廳裡還架設著放映機。如果在豹太家位於東京的宅邸，應該會將舞會會場設在其他地方吧。但因爲是別墅，房間數量不夠。

配合著年輕主人的興趣，那裡的窗子上皆掛上了黑色簾幕。放映會開始之際，

註7：日文的寅與「虎」同音。

外頭還殘留著些許夕陽的餘暉。一行人就座後，黑色簾幕便悉數拉起。人工製造出的黑暗，更有電影院的感覺。可能就是爲了製造這種效果吧。

「——不只是拍攝，就連畫面的編排也很厲害呢。首先，一開始是白絲線般的瀑布。在黑暗當中，涮地浮現出洶湧撲下的水幕。那時大家都嘩地拍手鼓掌呢。」

豹太先生像是被我說中了心思般，揚起嘴角。

「英子小姐能夠明白我這方面的用心，我眞是太高興了。這種迷你電影，可說是完全取決於剪接編輯，可生亦可死呢。」

——以白絲線般的瀑布爲開頭，再以傍晚淺間山的遠景作結尾。雖然技巧純熟，但其實也頗爲凡庸——當時我暗暗這麼想。但畢竟我是遊走於社交界之人，這種感想自是隻字未提。出乎意料地，我也已經是個大人了呢。

「中途底片斷掉了吧。那時候，竟然還能連接起來，眞叫我大吃一驚。」

「這是基本能力喔。放映時，需要有強烈的光，同時也會產生強烈的熱。一旦底片勾住了，就會燃燒溶解。那是很常見的現象。若不立即銜接上底片，就無法舉辦放映會了。」

原來如此，我頷首。豹太先生又道：

「能夠做到這件事的話，也就能進行剪接編輯，亦即懂得怎麼排列拍好的底片。」

他講解了一陣後，最後向八重子小姐說道：「下次也會邀請小姐您前來，屆時請務必蒞臨賞光。」

這時——

「喂——喂！」

一道焦急的嗓音呼喚著豹太先生。

在不遠的下方處，有位手持陽傘的和服女性，身旁則站著一名眉頭緊皺，看來怒氣沖沖的小女孩。小女孩正仰頭看著豹太先生大喊。煙火是買給這孩子的嗎？

「沒規矩，我還在說話呢。」

這名女孩明明看來都已經七、八歲了，卻還相當傲慢無禮。豹太先生以不怎麼嚴厲的語氣斥責她，然後行了一禮後離去。

「是他的夫人和千金嗎？」

我邊望著他的背影邊喃喃低語。

「不是唷。」

八重子小姐果決地予以否定。

「雖然裝得成熟穩重，但那位少爺還是大學生吧。小女孩則是他的妹妹。」

「妳知道得眞清楚呢。」

「——一點點啦。」

八重子小姐笑得耐人尋味。

「他和妹妹，歲數相差很多呢。」

「這也不是什麼特別稀奇的事。」

這麼說也是。

「這樣一來，跟妹妹走在一起的就是家庭教師囉？」

「應該是吧。」

離去前以眼神向我們致意的女子，有著日本風的端正五官。

「如果是的話，似乎有點太漂亮了吧？」

八重子小姐刻意地偏過腦袋瓜子。

「不行嗎？」

「因爲，我聽說貴族夫人們選擇家庭教師的條件，就是學識、品格——還有，不能是美人呀。」

「哎呀，妳眞清楚呢。」

八重子小姐開心地咯咯笑了起來。

7

我順路前往八重子小姐的別墅，恰巧冰淇淋剛剛做好，於是承蒙招待。冰淇淋濃稠綿密，眞是好吃。

之後，我們併肩坐在庭院的搖椅上，繼續閒話家常。

形似英文字母A的支柱立於搖椅兩側，上頭附有頂蓬，而吊在下方的，是很像會放在會客室裡的鬆軟長椅。一旦天候不好，就可以拉起頂蓬，因爲輕井澤的名產，就是突如其來的雷陣雨與濃霧。要維護好這種搖椅很不容易吧。

八重子小姐頻頻地轉動腦袋，確認四下有無他人。環繞住四周的，僅有白樺樹林。

「怎麼辦，該不該說呢……」

她搖動椅子。

「哎呀，怎麼啦？」

「該怎麼辦呢……」

兩個人一同緩緩地前後搖擺。

「反正最後都會抵達終點，現在只是在兜圈子罷了。妳想說的話，就說呀。」

「……妳要保密，不能對任何人說唷。」

八重子小姐將臉蛋湊了過來。

「聽說呀，道子小姐將會與方才見到的瓜生家第二代少爺成婚唷。」

「哎呀……」

本科畢業的同時便結婚的千金小姐，並不少見。當然，她們之前便已訂下婚約。可是，一聽到眞有同班同學也是如此，還是讓我有些吃驚。

「……我還以爲道子小姐會和某位大名華族成親呢。」

「我也是呀。不過，桐原侯爵有他自己的考量：侯爵家就由大哥繼承，大姊會許配給皇族——抑或者是家世顯赫的大名家吧。」

「我想也是呢。」

「——這樣一來，生下的孩子不是軍人，就是許配給軍人吧。」

「是啊。」

不管願不願意，皇族與大名華族男子，都得進入陸軍士官學校或是海軍學校就讀。

「所以，桐原侯爵似乎是在想——至少讓其中一人待在不同的世界裡，例如與商界聯姻結盟。就連瓜生家，能夠迎娶到桐原家的公主殿下，可是一大殊榮呢，而且也能鞏固在政界及軍界的關係。當然是皆大歡喜呀。」

道子小姐個人的想法又是如何呢?相比於不少人家僅是家世好,但生活並不富裕,能夠成爲日本數一數二的大富豪夫人,的確也是一種幸福吧。

八重子小姐的雙眼莫名地熠熠生輝。

「妳認爲,道子小姐看過偃息圖(註8)了嗎?」

雖然一頭霧水,但那是在結婚之前必須先看過的事物,因此我心底隱約明白她在說什麼。她是在哪兒學到這個詞彙的呢?千金小姐也會口出令人費解的話語呢。

這時我想到了道子小姐,又想起了放在腳踏車前籃裡的核桃,於是接著聯想到艾克路易。

「小有妳也很常騎馬吧?」

「是呀。」

「都是借來的馬匹嗎?」

「是啊。一次借兩、三匹,再簽訂一個夏天的契約。因爲想騎馬遠行時,若不能立即騎乘,可就麻煩了。」

「道子小姐的馬兒呢?」

「啊,是艾克路易吧。」

註8:即春宮圖。

八重子小姐主動說出那個名字。其實，這個名字我有些難以啓齒。因爲八重子小姐的五官，隱約與松鼠有幾分相似。

「那是她自己的馬吧？」

「嗯。她還特地帶著馬伕，從東京帶到這裡來呢。」

有川家似乎經常得到桐原家的相關資訊。

「這麼說來還眞的是愛馬呢，看來她非常喜歡牠。」

八重子小姐用力點了下頭。

「——那匹囟悍的馬兒，只讓道子小姐坐在牠身上而已唷。這一點，想必也讓她覺得很可愛吧。」

我啞口無言。可是同時又覺得……「其實我也早已預料到了這種答案」。說不定就是因爲牠到處橫衝直撞，才會取名爲艾克路易吧。

當晚，瓜生家別墅的方向升起了煙火。

白天見到的那名小女孩，印象已十分模糊。但豹太先生仰望著夜空，興高采烈地四處走動的模樣，卻浮現在我的眼前。

8

爲了逃開東京的酷熱，弓原姑丈與姑姑也會來到這裡。也許是因爲檢察官這個職業的關係，他無法取得太長的假期。他們來輕井澤，習慣住在我們家的別墅，每年也都進住固定的房間。

先前已問了列車到站的時間，因此我決定坐車前去迎接。

「妳覺得輕井澤這個地方如何？」

我詢問貝琪。

「空氣十分清新，是個舒適宜人的好地方呢。」

「妳被拉著到處跑來跑去，很辛苦吧？」

若是鄰近地區，我們就會騎腳踏車往返，但想去高爾夫球場、牧場，或是想從山頂上向下眺望時，就會坐車。

貝琪心情極佳地答：

「怎麼會呢。光是風景接二連三地自眼前飛逝而過，就有種涼風吹拂過體內的暢快感。鳥兒的鳴叫聲也是各式各樣，連耳朵也享受到了音樂的饗宴。」

「我啊，就是覺得這點可惜。」

貝琪歪過戴著制服帽的後腦勺。

「為什麼呢？」

「我還以為能聽到三寶鳥的叫聲呢。」

「啊啊……三寶鳥每年都會啼叫嗎？」

「我從未留意過，但大概至今都未曾聽過吧。」

「那麼，為何今年會特別期待聽見呢？」

「這件事我還沒跟妳說過吧。」

我說明了前陣子收到三寶鳥標本一事。

就在轉述的期間，福特已來到了輕井澤車站前方。

穿過剪票口走來的姑丈，微笑著朝我們揮了揮手。

在快要抵達別墅之際，車輛追過一名賣香菇的少年，松子姑姑像個孩子般開心地抬高音量。

「今年也見到了這孩子呢。」

少年戴著帽簷寬大的老舊草帽，穿著深藍色的上衣與農家褲裙，揹著偌大的竹籠。籠中的奶油色香菇已所剩不多。看來他今天的工作也差不多要結束了吧。

山中的名產不僅是香菇。姑姑忍不住將原本該是晚餐才會出現的玉米，當作是下午的點心。

「奶油要塗得厚厚一層唷。」

「是。」

前島也早已銘記在心。以玉米來說，比起精心調製的法國料理，這樣的烹煮方式還要美味數倍。我也作伴，一同享用這股難以言喻的自然甜味。

接著，我們在陽台上飲茶，不久日頭開始西下，林木之間像在宣告黃昏已降臨一般，逐漸飄出濃霧。

姑丈站起身欣賞這陣白霧繚繞，點燃一支香菸。接著他銜著菸，走下庭院。赤紅的小火光在濃霧中逐漸變得模糊，最後連同人影完全沒入白色紗幕的另一端。

「雖說是每年都會出現的景色，但這裡的霧，真的就像是緊逼而來似地源源湧出呢。」

松子姑姑說道。

我起身追向姑丈的香菸光點。乳白色的細微水珠時而稠密、時而疏薄地聚集在一起，流經眼前。視野裡全都是白霧，甚至看不見應該近在手邊的楓樹。有股淡淡的菸草氣味。因爲我討厭香菸，並不覺得是香味。

邊看著腳下邊往那兒走去後，我看見了紅色光點。

「姑丈。」

「英子，怎麼啦？」

姑丈以指尖挾住香菸，移往下方，轉頭看向我。

「有一點小疑惑罷了。」

「喔？」

「在濃霧中抽菸的話，味道會不一樣嗎？」

姑丈將視線轉向指尖。

「妳爲什麼會有這種疑惑呢？」

「一旦起霧，無論是仙貝還是餅乾，都會馬上受潮變軟。」

「嗯。」

「抽菸，就是在吸菸吧。這時若摻雜了濃霧，難道不覺得濕氣很重嗎？」

「喔喔。」

姑丈狀似佩服地抬高音量。

「因爲我不抽菸，所以不曉得，才會心生這個疑惑。一旦出現了找不出答案的問題，就會讓人很在意吧？」

「是啊。」

姑丈應聲後，又抽了一口。

「香菸會受潮嗎？如果是抽菸的人，想必不會懷有這種疑問吧。因爲早已知道了解答。」

我等著姑丈說出答案。姑丈接著說：

「無論是在霧裡，還是外頭，都一樣喔。」

「是嗎？」

「是啊。」

姑丈頷首，又補充道：

「——不過，我認為在濃霧裡抽菸，味道比較不好。」

「不是一樣嗎？」

這樣一來答案不就互相矛盾了嗎？

「是啊。味道，並不光只是憑舌頭去感覺。像現在這樣在霧中抽菸的話，就算吐出了煙霧，卻一點也看不出來，馬上就會融解在白霧裡。」

「嗯……」

「所以呢，相同的道理，如果是在黑暗當中抽菸，一點也沒有自己在抽菸的感覺唷。不過，這畢竟是我個人的感覺。若問其他人，也許妳會得到不同的答案。」

姑丈轉動身體，詢問我：

「露台的方向，是往這邊走沒錯吧？」

厚重的霧流完全遮掩住了視線。我依據樹根及石頭的位置，指示出正確的方向，並站在前頭。

「先前在戶塚町的案件裡，英子就曾經猜中犯人吧。」

若要回以肯定的答覆，也令人難爲情，於是我緘默不語。姑丈又說：

「妳方才問我問題時，我也覺得那絕不是隨口問問。我眞想讓負責搜查的人員向英子好好學習呢。這世上，無論是怎樣的事物，都像是從火車窗戶向外眺望的風景，從我們面前眨眼即逝。能夠從這樣的風景中，湧出『哎呀，那是什麼？』、『爲什麼會變成那樣呢？』這些困惑，其實是件超乎想像的困難之事喔。」

起霧後，四周突然變得極冷。當晚，美味的清湯率先溫暖了我們的身子。草帽少年前來兜售的香菇，切成了一片片的薄片，漂浮在琥珀色的清湯上。

9

弓原姑丈每年都會受邀參加各處的午後或夜間派對。因爲檢察官此一職業，相當能引起人們的好奇心。我想，大家都想從高原上悠閒生活的窗子當中，窺看外頭令人心驚膽跳的場景吧。

話雖如此，身爲公務人員的姑丈，總不能生動逗趣地轉述實際發生的案件。不過，弓原姑丈平日有在閱讀偵探小說。想必他偶爾會從故事當中，挑選出說故事的主題吧。待滿足了主人及賓客的好奇心，盡到了社交的義務後，再打道回府。

這樣的邀請已是稀鬆平常。可是，就在姑丈抵達輕井澤的數天之後，在即將要用午飯之際，突然出現在庭院裡的邀請使者，卻不是尋常人物。

別墅並不是四周都以高聳的圍牆圍起。正當我走出前庭之際，傳來了輕快的馬蹄聲。

一匹栗色馬兒從山毛櫸屹立的轉角處現身。是艾克路易，牠正朝這裡跑來。

道子小姐像是正乘著規律拍打的波浪，身體前後搖晃，接著拉起韁繩，制止了茶色的律動。

「花村小姐。」

道子小姐輕打了聲招呼，爾後直接坐在馬上詢問：

「——弓原先生今日下午有空嗎？」

「嗯，應該是有。他還說——可能會坐在外頭的椅子上看書呢。」

沙沙沙，林木的樹葉摩挲作響。

「那太好了。我是以使者的身分前來。」

「——使者？」

我不由得重複她說的話。有不少大學生，都是利用暑假期間在輕井澤打工。他們會戴著方形學生帽、騎著腳踏車，托送各式各樣的物品。姑且不論那些大學生，桐原侯爵家的千金小姐竟然成了使者——倘若老家那裡代代侍奉的忠臣們聽見了，肯定會吃驚得暈厥過去吧。

「是的。待用過午飯之後，希望妳與弓原先生能夠蒞臨賞光。」

「地點是？」

「瓜生家的別墅。」

呼！艾克路易哼了一聲。

「爲什麼？」

我不由得不斷提出無聊至極的問題。

「似乎是豹太先生，想再一次邀請眾人欣賞他自製的電影。方才我從瓜生家別墅的前方經過，剛好和現在一樣，豹太先生也站在庭院裡。寒暄幾句之後，就決定了這件事情。」

由於自己早已聽有川小姐說過，不免覺得這樣有些愚蠢。

——沒什麼大不了的。就只是未婚夫妻之間相會時，假借我們來掩人耳目吧。現在還不能兩人單獨看電影吧，所以才會邀請他人前往。

可是，會思考這些事情，這才是眞的無禮庸俗吧。正所謂——無惻隱之心，非人也；好心會有好報。

「我知道了。」

之所以會指名姑丈，肯定是瓜生家的人想見見他吧。既然我已說了他有空，如今也無法婉拒。

「那太好了。那麼，放映會於兩點開始，請千萬不要遲到唷——絕對。」

道子小姐嚴加叮囑之後，像是辯解般又補充說道：

「當個使者四處亂跑，比單純的馭馬馳騁還要有趣呢。」

「扮家家酒」的話，任何事都會覺得好玩吧。

「您接下來還要去其他地方嗎？」

沒有下馬，正是因爲這個原因。如果要通知賓客放映會於兩點開始，時間可是不太充裕。

「是呀，忙得不得了呢。」

道子小姐微微一笑，點頭致意後，拉起左邊的韁繩令馬匹回頭。

10

姑丈也問了姑姑要不要一起去。但姑姑似乎認爲，倒不如睡在吊床上，搖搖晃晃地還比較輕鬆愜意。

「不管是瀑布還是淺間山，都不是看著眞正的風景。做什麼要特地舉辦這種活動呢——」

她說得十分冷淡。

當貝琪開車送我們抵達瓜生家的別墅時，總覺得當下的氣氛有絲古怪。沒有下人出來迎接。豹太先生出現時，動作也莫名僵硬。更怪異的是，那名賣香菇的少年也在場。少年站在一旁玻璃窗的下邊，從草帽底下目不轉睛地盯著我們瞧。

豹太先生與初次見面的姑丈互相寒暄後，接著說明爲何別墅會一片空蕩蕩。

「——其實大家都登山去了。」

姑丈表示明白。

「難得來輕井澤，不去走一趟的話就太可惜了。倘若躺在長椅上無所事事，那可眞是不像話。雖然不是登山，但我也會在樹林裡信步閑晃，還曾經碰巧看見雉雞呢。眞是漂亮。」

在東京，姑丈甚至家裡也擺了雉雞的標本。瓜生先生勾起薄唇。

「不過，我們家的人，光是親近花鳥風月還嫌不夠呢。一行人臨時起意，打算一邊望著美景，一邊吃飯。在馬車上，還疊進了壽喜燒等多種炊煮工具。可是從半路上開始，就只能用扛的，可還眞是辛苦。不過，大夥兒還是興沖沖地出發了。」

姑丈脫下獵帽，以手旋轉：

「這麼一來，你負責看家囉？」

「是的。其實，舍妹的家庭教師也表示不想去。她是位相當聰明的才女，比較擅長動腦——但爬山似乎就很棘手了，馬上就會累得氣喘吁吁。但獨留一個女子在家中實在不妥，我也想整理一下底片，於是就留下來了。」

「這時，桐原家的二千金又正好出現嗎？」

「是的。大夥兒都出門了之後，果然很無聊呢。於是我提議，不如再舉辦一次放映會，邀請大家前來吧。於是桐原小姐便非常爽快地接下了傳遞信息這項工作，轉身又策馬離開。」

我看向戴著草帽，彷彿正戴著香菇形雨傘的少年。少年突出自己有稜有角的下顎，接著又緩緩垂下頭。他以與體形格格不入的低沉嗓音說了些什麼，但不曉得是因爲那是地方方言，還是聲音太沉悶了，我聽不清楚他在說什麼。應該是在打招呼吧。我回以「你好」。

然後詢問豹太先生。

「……這孩子是？」

「啊啊，既然要舉辦放映會，那就需要幫手，例如搬個機器什麼的。恰巧這個孩子正好出現，我便臨時雇用了他。當然，所有的香菇我也都買下了。離開之際，請帶一些回去吧。」

接著，我們直接被帶往了庭院的方向。如果是東京的瓜生宅邸，想必會引領我們前往豪華的會客室。然而別墅的房間數量太少。這個既能成爲舞會會場，又能成爲大廳的地方，如今早已放下了黑色簾幕。

我理所當然地以爲有川小姐也會一同出席。然而，從塗成淡藍色的椅子上坐起身的人，卻是薩克斯風的名演奏家由里岡先生。

豹太先生互相介紹過雙方之後，向我們低頭致歉：

「現在本應拿出飲品或是水果招待各位——奈何人手實在不足，眞是萬分失禮。一等桐原小姐到了，我們就開始。放映會結束之後，我們再來喝杯茶吧。」

爾後，他帶著少年走入屋內。

姑丈邊拉著右耳垂，邊仰望天際。原本蔚藍的青空，忽然間像是罩上了一層薄紗一般，整個暗了下來。高原的天氣眞是變幻莫測。

我若無其事地詢問由里岡先生：

「您的肩膀……之前跌倒受傷的地方還好嗎？」

「已經好很多了。從手肘處開始，已跟之前一樣能自由活動。只不過，抬高手臂時，還是會有點疼痛。」

他做出了一個像是想模仿外國人聳肩，但又不夠徹底的動作。斜斜下垂的手臂顯得很長。

「現在能吹薩克斯風嗎？」

「很遺憾地，沒辦法像原本吹得那麼好。我想返回東京之際，應該就會痊癒了吧——」

這番話裡想必懷抱著期望吧。

「道子小姐是騎馬到飯店通知您的嗎？」

艾克路易疾奔的身影浮現至腦海中。

「是啊，我嚇了一大跳呢。她竟然親自主動前來。」

由里岡先生倏地壓低音量，補充道：

「……也許算是爲了前陣子的事賠罪吧。」

如果有這層含意的話，邀請墜馬事件的當事人與目擊者二人，那就說得通了。

「——由里岡先生，能麻煩您一下嗎？」

豹太先生探出頭來。有什麼事情需要幫忙嗎？

被喚進屋裡的由里岡先生過了片刻便又回來。不知爲何帶著嘻嘻的賊笑。接下來又是叫了姑丈。眞是奇怪。

我詢問返回的姑丈：

「怎麼啦？是幫忙嗎？」

但姑丈僅是不悅地說了句：

「不，只是點無謂小事。」

四周的天色忽然急遽變暗。這時從別墅的後邊方向，傳來了馬蹄聲。

11

道子小姐將艾克路易拴在庭院裡的白樺木之間。這樣一來，全員似乎都到齊了。這場放映會的觀眾還眞少呢。

在豹太先生的邀請下，一行人走入屋內。由於今日不是舞會，因此屋內備有室內拖鞋。道子小姐先在屋外拭去騎馬靴上的髒污後，再以一副早已習慣的神情，脫下看似極爲合腳的馬靴。

走進屋內後，大廳是一片昏暗。在放置著放映機的桌子上，還有一個小型檯燈。橙色的亮光微弱地照亮屋內，有種置身於地下室的錯覺。

豹太先生以莫名匆忙的語氣道：

「總之，先開始放映吧。」

放映機的左側，並排放著兩張椅子。最靠牆壁的那張椅子，是椅背極高的英國風椅子。想必是爲了不礙到後方的人，才會放在最外圍吧。道子小姐則坐在不遠處的旁邊。由於有人輕輕點頭致意，我才發現某人正坐在那張高背椅上。多半是那名家庭教師吧。

豹太先生坐在右手邊的椅子上，操縱機器。

後列的三張椅子，則坐著我、姑丈，以及由里岡先生。

放映機上已裝上了上下兩捲膠捲，只要按下開關便可放映。燈光幾乎是猝不及防地忽然熄滅，放映隨即開始。我本想既然特地邀請我們前來，應該是新作品吧，沒想到自黑暗當中浮現而出的，仍是白絲線般的瀑布。

姑丈的話聲響起。

「在這種深山之中拍攝，很辛苦吧。」

「說麻煩的確是麻煩，必須要帶各式各樣的設備前去才行。就連底片也要帶很多，畢竟一捲只能拍三分鐘。想拍出眼前這樣的捕捉瞬間畫面，重點就在於要拍攝多少，又要剪去多少。對了對了，攝影機的發條也是一大問題。每轉一次，能夠拍攝的時間都是有限。要是硬要拍到最後一刻，旋轉的速度就會變慢。」

「轉一次大約可拍攝多少時間呢？」

「嗯……大約是三十秒吧。不過，幸好平時不怎麼需要拍攝超過三十秒的鏡頭。」

「喔。」

我頓時有種錯覺，彷彿聽見了豹太先生所架設的攝影機裡，發條正發出了嘰嘰嘰不斷鬆開來的聲響。同時，眼前的景象被吸進底片上頭。

在昏暗的房間裡，在框起的明亮畫面當中，某天的身影被收錄在其中的小牛，正討喜地邁開步伐。這是牧場的場景，有如充滿了陽光的另一個世界。

只是除此之外，從黑色簾幕的微小隙縫當中，也閃過了如同刀刃般刺進視覺裡的現實亮光。是閃電。接著，是山崩般的雷鳴。

我不由得縮起身子。下一秒，瓜生別墅彷彿成了一輛忽然衝進水中的列車，雨聲嘩地將四周緊緊包圍。

住在輕井澤的人早已習慣突如其來的雷陣雨，但待在封閉的人工黑暗空間裡傾聽雨聲，更讓人靜不下心、更加心浮氣躁。

完全不知現實世界在下豪雨的小牛，悠悠哉哉地走著。多半是從遠離鏡頭的地方出聲呼喚小牛，小牛一骨碌地將臉龐轉了過來。遲疑一陣之後，咚咚地走上前來。畫面上的小牛臉龐逐漸放大。牠就像個訓練有素的演員般，可愛地歪過腦袋。

這時畫面一轉，應該會映照出盛開在河畔的野薔薇。記憶中是如此沒錯。但下一秒，我六神無主地發出悲鳴。

小牛的臉龐驟然消失，取而代之的是盤起身軀的大批蛇群。緊接著，一陣足以撼動人身的巨聲響徹整個房間。

12

發出尖叫聲的人不只是我。像是爲了逃離大特寫的可怖畫面般，道子小姐霍然起身，使得放映畫面上出現了黑色人型，而蛇群便在道子小姐的白色背影上扭動。接著道子小姐移動至牆邊，單手放在一旁的英國風椅子上。

「開燈吧。」

弓原姑丈沒好氣地開口。

「是……」

豹太先生以含糊不清的話聲應道。此時畫面早已變回了原本平靜的牧場。究竟是怎麼一回事？

儘管雷陣雨的雨勢驚人，但所幸沒有造成停電。放映機停止後，電燈打開。四周滿溢著亮光，異樣的空間也在轉眼間變回極爲普通的房間。

姑丈起身拉開黑色簾幕。除了人工的照明，現下又增加了外頭昏暗的光線。大雨唰唰地打在窗上。

由里岡先生窘迫地站在自己椅子邊，左手上提著像是厚盤子一樣的東西。是銅鑼。

在別墅生活時，有些人家會敲響銅鑼，以示伙食已經煮好了。也有些人家，會將銅鑼固定住，懸掛在屋簷下方。想必這個銅鑼，也在瓜生別墅裡盡到了這樣的職責。只是，眼下這物品並不是用來通知我們湯品已煮好。

「剛才那是——你嗎？」

雖然這樣對年長的人很失禮，但我還是不由得用了質問的語氣。畢竟我剛才發出了慘叫。在畫面切換的同時，發出荒謬巨響的肯定就是這個銅鑼。

「……啊、是。」

由里岡先生與方才的豹太先生差不多，回以含糊的應聲。就像是個自以爲有趣而做了惡作劇之後，卻遭人冷眼看待的孩子。

他的右手拿著鼓槌。儘管右肩還未完全痊癒，但打響銅鑼這麼簡單的動作，自然還是可以辦到。縱然如此，他還眞是盡全力地敲打。那時，彷彿有人忽然從身後「哇！」地一聲嚇唬自己一樣，我的心臟差點要停止跳動了。

「那個……那個……」

同樣斷斷續續的話聲，這回從前方傳來。

道子小姐跪坐在地板上，搖動著坐在高椅背椅子上的人兒。不對，似乎是正攙扶住對方，以免對方倒下。頭髮與一截斜紋編織的和服肩頭，從椅背上露出來。道子小姐的呼喊聲半是在叫那個人，半是在呼喚我們。

「井關小姐。」

豹太先生呼喚著對方的名字衝上前去，將雙唇湊近對方耳邊：

「怎麼回事？妳還好嗎？」

道子小姐將她交給豹太先生，自己則站起身，用雙手彎起始終握著的鞭子，開口說道：

「她一直靜靜地在旁邊觀看。可是，剛才那陣巨響之後，她的模樣突然變得很奇怪，雙腳不斷抽搐，還發出呻吟聲……」

「那可糟了。」

豹太先生皺起眉，慌忙抱起失去意識的人。她的單腳上還勾著拖鞋。隨著抱起的動作，拖鞋往下滑落，發出「噹」的聲響。

那位井關小姐，果然就是我曾在街上見過的家庭教師。豹太先生將她搬至長椅上，令她躺下。

姑丈不慌不忙地問：

「她還有呼吸嗎？」

豹太先生以困惑的語氣回答：

「這、這個……我也不曉得……」

他拿出手帕擦拭井關小姐的額頭。與其說是她流汗了，倒比較像是豹太先生雖然想做些什麼，但一時間又想不到，只好先替她擦汗。

雷鳴轟隆作響，閃光刺入眼簾。道子小姐頻頻看向窗戶，折彎手中的鞭子，然後焦急地說：

「各位，在這種情況下說這件事，眞是非常抱歉，但是馬兒最討厭下雨和打雷了──」

不等豹太先生回應，姑丈便說：

「我想也是。這裡看起來也沒有可以代替馬廄的適當場所，要是馬匹失控可就麻煩了。」

我們家的福特則停在前院。而司機的工作，大多時候都是等待比開車還要來得多。我從一旁插嘴建議：

「讓別宮送您回去吧。折返時，再從府上載來一位能夠騎馬回府的人──」

道子小姐焦慮地打斷：

「不，這段時間我會非常擔心。馬具一旦吸了水，就會不斷變重，而且牠又很害怕閃電與落雷的聲音。雖是無理要求，但我想盡快趕回去。」

姑丈想必是擔心道子小姐柔弱的身子。

「──就算妳淋濕也不要緊嗎？」

這時的道子小姐，將睏倦慵懶的細長雙眼瞪得大大的。

「那是當然。我已經習慣在雨中騎馬了唷，畢竟我是在輕井澤騎馬呀。而且別墅也很近。」

仔細想來，遠行途中遇到降雨，也是相當常見的事吧。只有天氣，是不分身分地位，也不會對任何人客氣。桐原家的千金小姐全身濕淋淋地返家，這在東京根本是不可能發生的事。但在輕井澤卻另當別論。

「既然如此，請快點回去吧。」

「眞是抱歉。一等我安置好馬兒，會立即搭車過來。」

姑丈搖頭。

「沒有這個必要了吧。畢竟這件事與小姐無關。雖說應該不會有什麼問題，但如果傳出了奇怪的謠言，那也令人頭疼。就當作妳沒有到過這裡吧。」

姑丈有些勉爲其難地擠出微笑：

「回去後，請記得喝杯溫暖的飲品，然後好好休息吧。」

發生在東京的案件，有時也會與上流階級的人有關。姑丈了解這種時候會有多麼麻煩。因此請道子小姐回家，他反而還比較輕鬆吧。

道子小姐以大家閨秀的風範，溫馴地接受了這個提議。

我一路送她直至門口。穿上靴子、戴上帽子的道子小姐，一打開大門，山的方向便傳來了落雷巨響。雨聲之中，可以聽見艾克路易的嘶鳴與蹬著地面的馬蹄聲。

道子小姐轉過頭來朝我輕輕頷首致意後，重新面向屋外。接著揚起鞭子，劃開眼前的銀線。

爾後奔進雨中。

13

像是要追隨道子小姐的腳步一般，弓原姑丈也走至屋外。手上拿著豹太先生所畫的、前往醫生住處的簡略地圖。

他撐起置於門口的油紙傘，走近黑色福特，對貝琪說了幾句話。

雨滴猛烈地潑灑在紙傘上。雨水像是正搬運著透明的簾幕般，從庭院那裡化作一條湍急的水流，流經眼前的小路。

在這裡，即便是夏天，只要天氣稍有變化，就會令人想加件外套。我看著外頭的大雨，手臂也變得冷冷冰冰。

姑丈離開福特後，貝琪發動引擎，不曉得要去哪裡。

「我已經吩咐她，開我們的車去找醫生過來。」

回來後姑丈說明。

「她能得救嗎？」

姑丈頓了一拍後說：

「似乎已經不行了。不過，還是得請專家前來診查。」

我無法應聲，帶著沉重的心情，緘默不語地走進房內。就算我沒來參加，這場放映會還是會照樣舉行。結果是一樣的。可是——如此心想的同時，卻又不禁思索，難道就沒有其他種可能，可以避免這樣的悲劇發生嗎？

兩位男性站在長椅前。是豹太先生和由里岡先生。看樣子，他們都對這樁突發事件感到錯愕茫然。姑丈拉過方才成了觀眾席的椅子，圍成一個圓圈。由里岡先生的椅子上放置著銅鑼與鼓槌。我則拉來道子小姐曾坐過的椅子。

「這邊請。」

「好的。」

我們各自就座。姑丈自然而然地成了主席，抑或者該說是司儀。

「我想各位也都曉得，我在東京是擔任檢察官此一職務。這件事，基本上算是離奇死亡，也就是意外事故。不過，至少在形式上，還是得通報警察一聲才行。警方那邊，就由我出面說明吧。」

豹太先生滿臉敬佩地點頭。姑丈看向長椅上的女性。

「那位是——」

豹太先生接話：

「她是井關，井關美和子。方才也說過了，是舍妹的家庭教師。爲了不打擾到眾人，於是請她在房間的角落裡欣賞電影。」

豹太先生這時頓了一下後，像在辯解似般補充道：

「……我想，她一直待在別墅裡頭，會很無聊吧。」

「也就是好心反而害了她嗎？」

姑丈玩弄著耳垂，回想起先前在庭院裡說過的話。

「我記得你說過，她不擅長爬山吧。」

「是的。因爲她英語發音很漂亮，我們才會雇用她。但運動方面，她似乎不是很拿手。」

「會氣喘吁吁吧。」

「是的。」

「雖然我也不太清楚，但好比說——她至今，曾經有過心絞痛發作的病歷嗎？」

「這我就不曉得了……本人或許認爲病歷會影響到錄取，所以就隱瞞沒說吧。至少來我家之後，並沒有發生過暈倒的情形。那個……雖說每個人的身體狀況都不同，但忽然受到驚嚇之後，有人會發生這種事嗎？」

「我不是醫生，所以不方便斷言。但如果是心臟不好的人士，的確有可能。」

「是嗎……」

豹太先生舉起手上的手帕正要擦拭額頭時，多半是想起了方才手帕才貼在井關小姐的額頭上，便又放回膝蓋。

「竟然嚇到了不該嚇的人呢。」

「眞不知該怎麼賠罪才好……」

姑丈的神色五味雜陳：

「不，倒是我，反而才該覺得羞愧。畢竟事前就已經接到通知了。回想起來，眞是有些孩子氣。早知如此，當時應該要阻止才對。可是，人永遠無法預料到接下來會發生什麼事。」

就是豹太先生叫姑丈過去時的事。大概是跟姑丈說了「我打算稍微嚇一嚇小姐她們。我會在放映途中打響銅鑼，請做好心理準備」——之類的話吧。倘若如此，我終於能明白，爲何一開始被叫進去的由里岡先生，出來時會笑嘻嘻的了。

「我、我也是，如果不敲得那麼用力就好了……」

姑丈轉向由里岡先生：

「銅鑼是預先放在你座位旁邊的吧。」

「是的，就放在椅子下面。瓜生先生說這是爲了『助興』，我才會協助他……」

海頓（Franz Joseph Haydn）作有一首《驚愕交響曲》。就是突然以甚強的節奏，嚇醒那些在演奏會上打瞌睡的貴婦人們，所以才叫『驚愕』。就和那個一樣，我們只是想開點小玩笑……畢竟桐原小姐，無論面對何事總是冷靜自持。所以我才想看看那位小姐嚇得跳起來的模樣……不不，原本是心想，結束之後，就能藉此取笑她的……」

看來我之所以受到邀請，就只是當個陪襯。

話雖如此，畢竟由里岡先生曾從艾克路易背上掉下來，糗態百出。他會想嚇嚇道子小姐——如果他是個孩子氣的人的話——的確是相當自然的反應吧。

「你收到的指示，就是在切換到蛇的畫面時敲響銅鑼吧。」

「是的。」

「光是那副畫面，就已經夠『驚愕』的了。再加上敲銅鑼，就做得太過火了。這樣吧，就說她是『因爲看了畫面裡的蛇而突然發病』，如何？」

豹太先生頷首。

「這種說法比較穩妥呢。那麼就說她是『碰巧看到蛇』……」

我總覺得再這樣下去，由里岡先生會愈來愈像個惡人。

「是『碰巧』嗎？」

三人看向我。

「我記得之前，應該沒有蛇的畫面吧？」

姑丈靜默地看向豹太先生。豹太先生慢吞吞地開口：

「沒錯。桐原小姐之前就已看過了牧場的電影。所以我才在想，如果突然出現一個記憶中未曾有過的畫面，她一定會嚇一跳。」

「那麼，你是故意加進那個畫面的吧。」

「是的。」

姑丈本要取出菸草盒，大概是認爲不太恰當，便又收了回去。

「你是在哪裡拍到那個畫面的？」

「我拿著放映機，到處物色有沒有什麼好的素材時，偶然間在矢崎川的河灘上看見了蛇群。我想有這麼多蛇會聚集在一起也是難得，便將鏡頭對準牠們。」

我瞪向豹太先生。豹太先生的聲音變得更是正經。

「——可是，沖洗完底片之後，我便發現這個畫面毫無用途。畢竟旁人看了，也不會覺得高興。」

「說得眞是沒錯。」

「我在想，下次又讓客人觀賞同樣的影片，未免太過無趣。所以想到，可以做一個影像的驚喜箱。因爲剪接底片，是件非常簡單的作業。」

「從箱子裡頭，究竟會出現惡鬼還是蛇呢——就是這麼一回事吧。」

「……是的。」

統一證詞——這樣說也許不太好聽，但總之，大人們就此說定了。對外一致宣稱「畫面裡突然出現蛇群，井關小姐嚇得失去意識」。雖然這說法不夠完整，但也沒有錯。

這時姑丈又問：

「那個賣香菇的孩子呢？現在在哪兒？我記得他方才就在井關小姐的椅子邊，移動底片罐吧——」

「準備結束之後，我就給他錢，讓他從後門回去了。」

姑丈點點頭。

「回去了啊。也就是說，他不知道這件事吧。」

「是的。」

即表示不需要封口，以免「傳出奇怪的謠言」。

看向終於不再傳來雨聲的窗子，姑丈又說：

「對於去爬山的人們而言，還眞是災難呢。」

我們也是——話語中似乎帶有這種含意。

「我想他們應該有準備雨具吧……」

豹太先生答。

姑丈和由里岡先生，與死去的家庭教師素未謀面。但豹太先生應該與她交談過，眞希望他能顯露出更多的反省與哀傷之色。

商談一陣之後，醫生抵達了。姑丈要我坐著返回的車回去別墅，因爲之後是大人們的工作。

大雨，已完全止息。

14

工作似乎告一段落的父親，以及對酷熱大感吃不消的大哥，終於都來到了輕井澤。

姑丈回到東京去了，與他們錯身而過。雖然俗話說「不吐不快」，但關於放映會一事，姑丈臨行前還囑咐我：「可千萬別多嘴。」那是當然。要是一不小心對雅吉大哥說了，他肯定會追根究柢地詢問來龍去脈吧。倘若最後還說出了什麼不得了的臆測，那可就麻煩了。

當時情況太過驚慌失措，不及細想，一旦冷靜下來之後，我便發現，有幾個地方不太對勁——

只要向某人轉述，在過程中，自己的思維也許就會愈來愈清晰吧。既然如此，那個「某人」要找誰，當然是顯而易見。

弓原姑丈稱讚我有「發掘疑問的才能」。但是，我是在貝琪出現之後，才開始有了那些想法。

只要與貝琪交談，彷彿是流動的霧凝聚成了有形體的雲一般，原本只是感到「古怪」的「心情」，就會變作是明確的「疑惑」。就像是教導走路方式一樣，也許在不知不覺間，貝琪啓發了我思考的方式。

貝琪正用冷水洗車。我請她陪我一起散步，她便穿著制服跟在我身後。時間是傍晚時分。打橫照來的日光，灑進落葉松樹林裡。樹木在前方的道路上烙下一條條細長的影子，彷彿是斑馬肚子上的橫線。

頭頂上方，樹葉叢生的枝椏綿延不絕。反而使得穿過直線樹幹，灑落在腳邊的陽光，顯得特別明亮。

坐車從瓜生家別墅返回自家別墅時，我已向貝琪說明了事情的概略經過。接著，我試著提出心中升起的疑問。

「瓜生先生他呀，在街上遇見的時候，還特地對八重子小姐這麼說呢。『下回放映會一定會邀請您參加。』因此，這次的放映會，即便道子小姐很特別必須先邀請，但接下來，應該是先通知有川伯爵家的千金八重子小姐，而不是我，這樣比較自然吧？」

貝琪答：

「倘若他的目的是要對桐原小姐惡作劇，那便算不上不自然。」

「所以這意思是，雖然不能對有川小姐做出失禮之舉，但如果是我，就很適合當個陪襯一起參加？」

「怎麼會呢。小姐您是一位端莊穩重的人，想必是因此認定您不會爲了一點小事，就嚇得不斷嚷嚷，才會邀請您吧。」

「唉呀，還眞是吹捧我呢。」

鳥兒發出啼叫，音色很像是長時間抖動著某個東西。見我朝鳥叫聲的方向望去，貝琪說：

「是知更鳥呢。」

「杜鵑與知更的叫聲雖然都很常聽見，卻都看不見牠們的身影呢。」

「和麻雀及烏鴉不同，很少有人親眼見過吧。」

我再次邁開步伐。

「事後回想起來，對方會邀請姑丈，未免也太湊巧了。簡直就像是爲了請他處理善後，才會邀請的吧？如果是因爲這樣而邀請我，就說得通了。」

貝琪靜默不語地跟在後方。

「當然，這樣的假設太大膽了。因爲這樣一來，就表示瓜生先生早已預料到會發生這起意外。」

「是啊。」
「即便是讓井關小姐觀看可怕的畫面，又敲響銅鑼，誰也不能預見，這種意外一定會發生。就算知道井關小姐的心臟不好也一樣唷，這是無法事先預料到的。」
「是的。」
「如此一來，雖然很毛骨悚然，但以這些爲前提所能推測出的結論，就只有一個。」
「是的。」
貝琪彷彿知道我打算說出什麼。
「像那樣，不向任何人介紹，直接讓井關小姐坐在房間的角落裡，太奇怪了。」
「是。」
「井關小姐在我們進入屋內的時候，該不會早就已經——沒了氣息吧？任誰都會這麼想吧。」
知更鳥再次高聲啼叫。

15

「是嗎？」

貝琪的反問，聽來像是在裝糊塗。我不予理會，繼續說：

「可是，事情沒有那麼簡單。」

貝琪神色自若，視線像是在追逐著鳥叫聲，看向遠方的樹梢：

「爲什麼呢？」

「我問過姑丈了唷。我本是想不露痕跡，但他似乎早就知道我會出現這種疑問，所以相當具體地回答了我。就在姑丈走進屋內，瓜生先生告訴他銅鑼一事時，聽說在途中，瓜生先生與井關小姐說了幾句話。」

這時貝琪頭一回顯露出興趣。這是我還未告訴貝琪的新情報。

「首先，姑丈走進屋內後，瓜生先生就站在門口旁邊，然後悄聲地告訴他惡作劇一事。當時，姑丈瞥了一眼椅子的方向。黑色簾幕已全數拉起，屋內非常昏暗，但還是可以見到斜紋編織和服的袖口。也因此看得出對方是位女性。姑丈甚至還想，『他其實想嚇的是坐在那兒的人吧。』——瓜生先生在談話途中說了句『抱歉』後，便走向那位女性，說了類似『妳就靜靜地坐在這裡就好了』這樣的話。井關小姐則回答：『我知道了。』」

——怎麼樣？我看向貝琪。她說：

「儘管如此，小姐您還是無法信服吧。」

「沒錯。」

「畢竟您還特地跟我說了這一番話呀。」

「妳有什麼想法嗎？」

嗯——貝琪思索一陣後：

「瓜生先生除了是位大富豪之外，還是位會去鑽研興趣的人呢。」

「是啊。」

「好比說，他有可能是事先將井關小姐回答的部分，錄在收音機裡。然後再一邊播放，一邊與她對話——這樣的推想如何呢？」

「不無可能。只是，錄音帶的聲音與現實中的聲音，聽起來還是不一樣吧。姑丈也說，那確實是真實人類的聲音。」

「那麼，是瓜生先生具有八人藝的才能嗎？」

「八人藝？」

「就是聲調。是指一個人可演出男女皆有的八個人聲音的技藝。」

若是去曲藝場，可以見到擁有這項才藝的人嗎？在宴會的餘興節目上，我倒是曾看過說書、落語、魔術與雜耍。但是，卻沒聽說過八人藝。

「我想就算他再怎麼鑽研興趣，應該也不可能做得到吧。」

「這倒也是呢。」

我走上橫跨溪流的小橋。水流激起了聲響，湍急滾動。

我就像是一個面對遲遲說不出答案來的學生，心中感到焦急的老師。

「即便如此，『其實井關小姐早已死了，但她卻能回話』這種情況，還可以想到另一個推論。」

「是嗎？」

「沒錯。就是坐在椅子上的人，根本不是井關小姐。」

貝琪歪過頭。

「這可眞是大膽的假說呢。您的意思是，瓜生先生藏著一位不爲人知的秘密女性嗎？」

「如果是的話，事情就簡單多了……」

我渡過橋後，又退回了幾步，目光落在眼下的清澈水流。貝琪安靜地跟在我身旁。

在高度約莫是一個大人身高的下方處，水流不斷滾動。一隻橙黃色的蝴蝶吸附似地停在潮濕的黑色岩石上，動也不動。乍看之下，像是在吸著岩石表面的河水。

16

「不對勁的地方，還有很多。像是道子小姐特地前來邀請我們，就是其中一件。還有，她騎著馬前來參加放映會也是。無論是多麼簡略的邀請，桐原家的千金竟然會直接穿著騎馬服進入屋內，實在是太奇怪了。一般都會換套衣服，再請司機開車送自己過來吧。」

貝琪頷首，表示同意。

「另外最奇怪的，就是艾克路易。」

「是桐原小姐的愛馬吧。」

「沒錯。道子小姐當時眞的很擔心待在雷雨中的艾克路易。這點我很能明白。可是正因爲明白，才覺得奇怪。」

「小姐是指她開口表示擔心的時機吧。」

「對。無論是打雷還是下雨，都在事件發生之前就已經開始了。既然擔心艾克路易，那麼在天氣開始變壞之時——至少，在開始打雷時，就該回去了吧。那樣子簡直像是——」

「像是特意一直在等待銅鑼響起，井關小姐倒下，是嗎？」

「沒錯。還有呀，當時也是道子小姐說，井關小姐發出了呻吟聲，雙腳抽搐，十分痛苦。但實際情形誰也不曉得。混亂之中，道子小姐說得煞有其事，所以大家也就這麼以爲了。就連我，也以爲自己眞的聽到了呻吟聲呢。可是，冷靜回想——卻無法確定眞的有聽到。」

這時蝴蝶終於振翅飛離岩石。牠輕飄飄浮起，爾後消失在右手邊的樹林中。

貝琪謹愼地挑選說詞：

「如此一來，小姐您是認爲，桐原小姐出手協助了瓜生少爺嗎？」

我背對著小橋的扶欄。

「我知道這個想法太荒謬了。侯爵家的道子小姐——那位道子小姐，怎麼可能做這種事。可是——如此思索之後，一切就很合乎邏輯了。」

「是怎麼樣合乎邏輯呢？」

「首先發生了某件事情，使井關小姐心臟病病發。瓜生先生有什麼苦衷，不想讓別人知道這件事。因此想要一個穩妥的理由，好讓家人及妹妹，都不會對井關小姐的死起疑心。若能再有個對警方有影響力的證人，那就更好了。之後，他再請道子小姐『協助』他。」

「因此，桐原小姐才會邀請弓原姑爺。」

「沒錯。然後道子小姐選了由里岡先生負責敲響銅鑼，便前去邀請他。自己則再早一步回到瓜生家別墅。接著將艾克路易拴在後門，換上斜紋編織的和服。再坐在椅子上，擺出能讓人能看到自己袖口的姿勢後，便呼喚弓原姑丈入內，再與瓜生先生做出交談的模樣。姑丈一離開，她又立刻換回騎馬服。最後再像是剛剛抵達一般，從門口進來。」

「另一方面，瓜生先生再將斜紋編織的和服穿回井關小姐身上，讓她坐在椅子上。然後呼喚一行人入內——是這麼一回事吧。」

「是的。」

貝琪今日沒有戴著白色手套。她交叉起自己美麗的手指，說：

「還眞是複雜呢。」

「是呀。可是這樣一來，瓜生先生與道子小姐的行動，就全都說得通了。」

貝琪沒有回答，只是凝視著自己的指尖。

暮蟬開始鳴叫。

「是這麼一回事嗎……」

貝琪抬起頭。

「別宮無從分辨。只是，小的並不認爲，這樣『一切就都說得通了』。」

「爲什麼？」

例如，井關小姐的身形比道子小姐還要來得大些。還有她是束起髮髻，跟道子小姐完全不同。就算僅是露出了袖口與肩頭，也不可能讓人輕易誤認——是指這些疑點嗎？

然而，貝琪一邊以上方的拇指，摩挲著交疊在下方的大拇指，一邊說：

「這個嘛……有這些想法的人，是小姐您……可是，您眞的想去思索這些事情嗎？」

這個問題，連我自己也很難找出答案。

原本有些昏暗的天空，在烏雲滑開後，又恢復了明亮。儘管已近六時，卻有種瞬間從黃昏變回白晝的錯覺。

在光線的照耀下，西邊森林的前方顯得矇矓不清。

17

翌日夜晚，我們一家人外出前往萬平飯店。穿過樹林後，一行人於門廊下車。燈火通明的建築物，彷彿是穿過童話森林之後抵達的宮殿。

由於是在飯店吃晚餐，雖不算正式，但我還是穿了一襲白色禮服。

享用了美味豐盛的大餐，卻在飯後發生了出乎意料的狀況。只見父親站起身，出聲向坐在隔壁桌，穿著深藍色西裝的青年攀談。

接著一行人移動至陽台，準備一同喝茶。青年是與另一名年齡相仿的男子結伴同行。

遠方的森林黑壓壓的，但燈光照亮的前庭裡，覆蓋著一片看似柔軟的綠色青苔。

父親率先開口：

「打擾兩位眞是抱歉。其實是在不經意間聽到兩位的對話，由於聽來非常有趣，才會不由得出聲叨擾。」

接著雙方彼此自我介紹。青年表明自己是農林省鳥獸調查室的約聘人員，方才正和同行者大肆暢談野鳥。

既然會來這種地方，再加上他的穿著雖不算華美卻也相當正式，想必不是普通人。果然不出所料，青年是川俣子爵家的公子。

父親先提起一名喜愛鳥兒的有名華族之後，又說：

「身分崇高的人，似乎有很多都對鳥類有興趣呢。」

川俣先生轉動玳瑁鏡框底下的討喜雙眼，謙遜回話。他的音色偏高。

「不不，請別說什麼身分崇高之類的話。我只是個毛頭小子罷了。——而且喜歡鳥兒的人，可是所在多有。還有愛鳥的同志打算一起出本雜誌呢。」

「您來這裡，是爲了研究嗎？」

「這也是其中之一，但說實在話，主要是放鬆歇息。」

「即便是我們這樣的俗人，光是聽著鳥叫聲，心靈就能得到平靜。不過，一聽就能分辨出是何種鳥兒的，也就只有杜鵑而已——」

這時，我便說自己幾乎每天都會聽到杜鵑及知更鳥的叫聲，卻從未看過牠們。川俣先生於是熱心地爲我說明，甚至還畫了圖畫。同行的人也化爲聽眾，這裡儼然成了川俣先生獨秀的舞台。

「因爲每種鳥的生態都不相同，有些鳥兒很難見上一面呢。知更鳥就如同這張畫，非常美麗。倘若無論如何都想親眼看上一眼，那麼在東京的鳥類專賣店也可看到。但前提是得是規模相當大的店才有。」

雅吉大哥倏地將身子往前傾，然後問出我正心想「對方應該會說吧？」的問題。

「——價格大約是多少呢？」

「啊——是啊。雖然沒有定論，但應該比一般的鸚哥貴吧。」

「原來如此，是這樣子啊。」

「是的。可是，野生的鳥兒，果然還是會想在野外看呢。」

「就跟紫雲英（註9）一樣呢。」

大哥動作誇大地頷首。川俣先生又接著說：

「在鳥類專賣店裡，價格最有趣的是九官鳥。雛鳥約是十多圓，但如果是成鳥，就會分成好幾種等級。聽說最貴的還高達兩百圓呢。」
「哎呀，眞是驚人哪。」
川俣先生微微一笑：
「那麼，各位認爲，價差是以什麼來決定的呢？」
「這個嘛……」
腦海中有什麼一閃而過，我答：
「難不成是——看牠會說幾句話？」
「答得眞好。兩百圓的鳥，大約可說二十句話。也就是說，聰明的孩子比較值錢。」
我瞥向大哥，只見他露出不快的神情。
父親邊啜著紅茶邊開口：
「話說回來，關於三寶鳥，剛才好像聽見兩位說了些頗爲奇妙的事——」
「啊啊，那種鳥現在可是蔚爲話題喔。」
「好像聽兩位在說——三寶鳥其實不是三寶鳥？」
「是啊。眞是想知道，叫聲爲『佛法僧』的鳥兒，究竟是哪種鳥呢。轉頭一看，夜裡在傳出鳥啼聲的那一帶，見到了一隻美麗的鳥兒，與啼叫聲十分相稱。

『就是牠、就是牠。』於是就演變成了現在這樣。這就是三寶鳥。」

「喔喔，換言之，沒有人實際見過牠啼叫時的模樣囉。」

「是的。僅是在夜裡，自深山中聽見了『佛法僧』這樣的啼聲。比起方才說過的杜鵑和知更鳥，還要難尋覓。」

我啜了一口紅茶後說：

「那如果在月夜裡進入山中，悄悄地靠近傳出鳥叫聲的地方，這樣如何？」

「我們也這樣想過，卻未能成功。聲音的主人，早在不知不覺間，無聲無息地消失了。」

眞是神秘兮兮哪。父親說：

「其實前陣子，我們收到了三寶鳥的標本呢。聽說是靈鳥。」

川俣先生笑道：

「靈鳥嗎？所以當地人才會大發雷霆，怒罵說：『你們竟然說什麼三寶鳥的叫聲不是佛法僧，這種話可是會遭天譴的呀。』——可是，白天三寶鳥的叫聲，就像是用貝殼的背面互相磨蹭一樣，就只是『咔咔咔』而已。」

這番話眞叫人掃興至極。

註9：一種豆科植物。

「如果說，一到夜晚，就會變作婉轉靈妙的啼叫——這樣也太奇怪了呢。」

看來認爲「至今大家都搞錯了，皆被三寶鳥的外表給迷惑了」的人們，的確才是對的呢。

「沒錯。首先，三寶鳥夜裡應該都在歇息。左思右想，聲音的主人都是另有其鳥。」

「那種鳥兒的眞面目，目前還不曉得嗎？」

「是的，現在各地都有人展開調查，已開始爭著誰能最先找到答案。不出數年，應該就能揭曉謎底吧。」

從男人梳著髮髻的時代起，大家一直以爲「這件事就是這樣」的事情，自從進入文明時代後，錯誤的觀念便一一受到改正。這也是時代的趨勢吧。無論如何，叫聲爲「佛法僧」，卻不曾現身在人類面前的神秘鳥兒，還眞是有趣。

回程時，我坐在副駕駛座上，向貝琪說了方才聽到的神秘鳥兒一事。

然而，貝琪也許是太過專心於夜路開車上，緊緊凝視著前方，僅是偶爾隨聲附和而已。眞沒意思。

抵達別墅後，當我正要走進屋內，貝琪卻小聲叫住了我。我回過頭後，貝琪悄聲耳語：

「……小姐，賣香菇的那名少年，那天之後就再也不見人影。」

然後行了一禮，又回到車子上。

「喂，英子，妳在幹嘛呀？」

雅吉大哥站在門口呼喚我。我撩起禮服的下襬，邊走向大門，邊偏頭思索。貝琪爲什麼要在這時候，突然說這句話呢？

當我橫躺在月光照耀的床舖上時，忽然明白了她的用意。爾後，赤彥那首和歌中，被我錯唸的那一節清清楚楚地浮現至腦海。

——「佛法僧鳥鷩叫時」。

18

鬼押出，是天下奇景之一。

天明三年（一七八三年），淺間山火山噴發，天空因火山灰而變得陰暗污濁，地面則因熔岩流而成了一片火海。聽說當時爆發的模樣，就像是個暴跳如雷的惡鬼，從火山口丟出岩石，又推出了火焰河流一般。

最後留下的遺跡，就是淺間山北面，一片一望無際的荒涼岩原。

如果是老人，便會畏懼地發著抖說：「所謂地獄，恐怕就是如此吧。」若是年輕人，則會想著：「尚未揭曉的月球及火星大地，就是長這副模樣吧。」鬼押出就是這樣的一個地方。

我邀請道子小姐前來此地。

從輕井澤過來此地，路途相當遙遠。道子小姐若要來到鬼押出，大概會有負責護衛的人結伴同行。但我說：「我想出外踏青，和您單獨聊聊。」所以，這方面她會想辦法搪塞過去吧。抑或者，說不定她只會跟家裡人說聲「我要去花村小姐家的別墅」，就騎著單車出來了。

我手上拿著從別墅帶來的午餐籃子，搭車北行。也有很少數的人，會騎著馬遠行至鬼押出。但是一般都是坐車。我曾來過好幾次。有一次，還是中學生的大哥，像個猴子般活蹦亂跳地爬上層層堆疊的岩石上方。他當時的背影我還記憶猶新。

無論何時前來，在萬籟俱寂的岩海裡，從未見到過人影。因此，這裡適合作為踏青的場所，也是個聊悄悄話的好地方。

來時，原本淺間山的山頭被層層白雲覆住，但現在已能見到裊裊生煙的頂端。白雲滑向山的另一頭，形成絕美的背景。

我從停好位置的福特裡走出，踏在漆黑的砂地上。接著我們二人並肩，走到一處看來容易登上岩石區的地方。兩人都是褲裝。貝琪則是拿著籃子跟在後頭。

岩石是泛著黑色光澤的安山岩。有時則會因光線照射的角度，顯得雪白耀眼。多半是因為質地脆弱，很多安山岩都呈現出破碎或是剝離之感。碎裂岩石互相重疊的模樣，看來也像是座煤炭小山。

在這種岩石地區，也生有低矮的樹叢，讓人感受到生命力的強勁。我們以Z字形的路線往上走，攀上高處。正巧有塊約莫兩個榻榻米大小，形狀又適合兩人就座的岩石。

兩人一同坐下。橫掃而過的風十分涼爽，下方受到日曬的岩石卻很溫暖。

「眞是不可思議的風景。」

道子小姐再次感歎。

遠方相連的群山，是幅稀鬆平常的高原風景。但群山前方，卻是一片彷若是惡鬼造就而成的岩石荒海。假使只有一個人孤伶伶地坐在這裡，恐怕會心生畏懼吧。

「在野外吃東西，感覺又更加美味呢。」

貝琪打開餐籃，又在平坦之處攤開餐巾，當作是臨時餐桌。我拿起綠色瓶子，用裏頭的水簡單地洗了洗指尖。

「請儘管享用吧，雖然只有飯糰和三明治。」

「看起來眞好吃。」

道子小姐放柔細長的眼眸笑道。

「還有別宮那一份呢。」

「小的惶恐。」

郊遊踏青之際，隨行的下人也會一起吃飯。這樣一來心情又更加放鬆，玩得也開心。至溪流邊玩耍時，還會將水果浸在河水裡冰鎮。很可惜地，在這裡就沒辦法這樣做了。

道子小姐入迷地注視著貝琪：

「這位小姐的英勇事蹟，我已經聽大哥說過了唷。」

貝琪不發一語，倒出熱水瓶裡的茶。

「司機兼女伴，甚至還負責擔任護花使者呢。」

所謂女伴，是指負責監督的同行女子。除了輕井澤之外，一般良家婦女外出之際，都要有女伴一同隨行。

「還有，也是家庭教師吧？」

「哎呀。教妳英語嗎？」

道子小姐問。貝琪邊請我們享用便當，邊討饒：

「小人的事情，就請兩位高抬貴手吧。」

但道子小姐這次卻單刀直入地對貝琪說：

「大哥似乎相當喜歡妳唷。」

貝琪沒有答腔。道子小姐拿著火腿三明治，又說了奇怪的話。

「妳想不想成爲某戶伯爵家的養女呢？」

貝琪回頭看向群山，答道：

「比起別宮，欣賞淺間及黑斑山等群山，應該會有趣得多吧。」

陣陣涼風撫過臉頰。

19

貝琪坐在斜對角的小岩石上，吃著飯糰。

之後收拾整理，將東西收回籃子當中。

「我們要四處走走，妳就在車上等吧。」

「這裡的地面崎嶇不平，請兩位務必小心——別宮偶爾會上來查看兩位的位置。」

與道子小姐兩人獨處後，我們走向岩石之間的小徑。沿路所見，有像是要塞般的小山，也有外形極像動物的岩石。彎下身子，視野裡全都是帶著黑色光澤的石塊，綿延不絕。看看右邊，再看看左邊，風景都相同，彷彿闖入了八幡的不知藪（註10）似的。

註10：不知藪：位在日本千葉縣市川市八幡的竹藪，相傳人一旦走進便再也出不來。

奇岩群形成了一個小型盆地，我們往下走至低窪地區，相對而坐。

「您一開始就打算讓由里岡先生受傷嗎？」

我開門見山。道子小姐揚起微笑：

「眞要那麼說的話，我想不是的。縱然結果相同。」

「那麼，那究竟是——」

「那位少爺，是以特別的眼神看著我的姊姊吧。當然，我想妳也知道，無論如何，他們也絕無可能結爲夫妻。——儘管如此，我還是希望，就算不是優秀難馴的悍馬，至少他也要能夠駕馭我的艾克路易。我認爲這是義務。」

這算是某種潔癖嗎？

「若不是能夠馴服悍馬的男性，麗子小姐就看不上眼嗎？」

「這個嘛，誰知道呢。」

「那麼，是道子小姐您自身如此認爲囉？」

「我所乘坐的，是溫馴可人的馬兒艾克路易唷。牠決計稱不上是什麼悍馬。就這層意義來說的話，眞正想駕馭悍馬的人，是大哥才對吧。」

「您的大哥嗎？」

「是的。」道子小姐邊輕撫著身下的岩石邊說：

「哥哥喜歡妳的司機，是事實喔。」

這時，我終於明白方才道子小姐那番話的含意。「妳想不想成爲伯爵家的養女呢？」意思即是指結婚。身分低下的女子，先成爲某處富貴人家的養女，再嫁入豪門，這樣的例子並不少見。

可是，貝琪是司機，對方可是桐原家，這樣的想法可說是極度地不切實際。大名華族的當家，都會受限於舊藩以來的各式各樣傳統及人脈。最重要的，是非常重視門當戶對。而結婚也是家主的工作之一。

如果是地位較低的人家，或許還有可能吧。但是，桐原家可是在二百六十名大名當中，從前頭數起還比較快的名門望族。家主絕不可能依循自己的喜好，迎娶身分相差懸殊的女子。這可是足以動搖一整個家族的大騷動。

假使對象是下人，唯一能想到的可能性，就是「情婦」吧。與正妻不同，在他處張羅這名女子的生活。聽說在服侍貴族的下人少女當中，也有人希冀著自己能當上情婦。因爲這也算是飛上枝頭當鳳凰。

但我無法想像變成那樣的貝琪。

「您與令兄談論了別宮的事情嗎？」

「是呀。」

「他怎麼說？」

「他說：『若能與那樣的女子一起生活，應該很有趣吧。』」

一瞬間，我也興起了衝動，想看看勝久少爺與貝琪生下的孩子。

道子小姐又說：

「對了，我當時也用了悍馬這個詞彙唷。我說：『雖有聽說過《馴悍記》（註11），但這一位竟然還會開槍，那可眞是匹不得了的悍馬呢。』」

「然後呢？」

「大哥沉默不語了好一陣子，接著改變了話題。說：『……眞要說悍馬的話，沒有比時代這匹悍馬更難馴的了。就連拿破崙，也被甩落在地。』」

名爲時代的悍馬——頓時它化作巨大的幻影，飛奔過鬼押出上方的青空。

20

我回到原本的話題。

「——可是，您又利用肩膀受了傷的由里岡先生去做那種事情，這樣不太應該吧。」

道子小姐並沒有做出「不知妳在說什麼」的表情。她只是緘默不語，別開目光，望著低矮的綠草。

「這種事情，由我來戳破，也許算是我多管閒事吧。可是，邀請我參加的人，是您唷。所以，我一定要說出自己無法釋懷的事才行。以往幾乎每天都會出現的賣香菇少年，從那天起就不曾出現了。我想我應該沒有記錯，不過，他該不會正承受著莫大的壓力吧。」

道子小姐將睏倦慵懶的雙眼轉向我。

「——作爲一個當時在場的人，只有這件事，我一定要問清楚不可。這算是我的義務吧。」

道子小姐慢條斯理地開口：

「這妳不必操心。瓜生先生是擔心他會說些無謂的謠言，因此將他送到東京去了。現在應該正在瓜生家，成了見習生吧。」

聽她這麼說，我鬆了口氣。

「聽說雙親一聽到兒子能到東京去，高興得手舞足蹈呢。雖然對於事情的來龍去脈，始終是糊裡糊塗的。」

「我一開始也是糊裡糊塗的呀。可是，事情實在太過古怪了。所以我才在想，難不成井關小姐從一開始，就已經沒有氣息了。」

「——可是，她確實有在妳姑丈的面前講過話吧？」

註11：莎士比亞所寫的喜劇之一。

「是的。所以我才會以爲，是您打扮成了井關小姐的模樣，坐在那裡。」

「哎呀。」

「可是這樣一來，我就不明白你們爲什麼要臨時雇用賣香菇的少年。下將棋時，不會使用多餘的棋子吧。相同的道理，如果需要男性幫忙準備，只要請由里岡先生出手就好了。當時的情況下，倘若除了瓜生先生與您之外，還有其他人待在現場，事情只會益發棘手吧。若還要特地在那之前替換身分，未免太奇怪了。那就表示，你們使用的是另一種方法。而這個方法，才會使你們當時必須雇用那個孩子。」

我一口氣說完。又接著開口：

「可是，如果兩位是想製造井關小姐還活著的假象，我想由您做她的替身會比較簡單吧。爲何是選擇另一種方法呢？」

道子小姐面不改色，反而像在解說。

「那個方法可是一點都不簡單唷。首先，妳必須先脫下已逝女性的和服不可。對方是女性吧。既然如此，若讓她的大體變得不成體統，眞是太不應該了——接著，姑且不論脫衣，在我換回騎馬服之後，也必須再重新替她穿上和服才行。因爲我想盡早到屋外去，所以這件事本想請瓜生先生負責。可是，對男性而言太難了吧。即便是我，替她穿上和服可能也要花上不少時間——最後，這才是最大的難題，即是去世之人的身體，過了好幾個小時後就會變硬。我的奶奶過世時，我才知道爲已逝者更衣是件很困難的事。所以，我想盡快讓她坐在椅子上。至於引發騷動後要讓她躺下的那張長椅，也事先放了坐墊，讓它盡量變得像是椅子橫倒後的模樣，再讓她躺下。假使當時，妳的姑丈詳細調查了井關小姐的身體，並指出她已死一段時間的話，那可就糟了，但我又覺得就算他看出來了，也會睜一隻眼閉一隻眼。」

在上流階級居住的小鎮輕井澤，倘若侯爵家的千金牽扯進案件當中，些許的不自然可能都會直接被忽略吧——就是這麼一回事。先不說姑丈，一般而言，這種情況確實是有可能。設想之周到眞是叫人大感吃驚。

我多少有些佩服：

「一般而言，一旦發現很難交換身分時，都無法再想到其他方法了吧？」

「是嗎？我倒是馬上就想到，只要讓井關小姐出聲說話就好了唷。而且那名賣香菇的少年，所戴的草帽相當大，正好可以遮住整張臉。不說這個了，倒是妳，眞虧妳能察覺得到呢。」

於是我說了三寶鳥一事。道子小姐感嘆道：

「簡直就像是上天早已準備好了寓言一樣。的確，井關小姐是現出身影的三寶鳥，而我是只讓人聽見聲音的佛法僧呢。」

我順著自己的直覺說：

「所以果然是這麼一回事吧。」

「也只能這麼做了吧。我從後門進入瓜生家的別墅，瓜生先生則買下那個孩子身上的衣服，再遞給他下人的服裝，讓他到外面去。我則是迅速換穿上那身衣服，戴上草帽，坐在井關小姐旁邊的椅子上，臉部朝下撥弄底片罐。」

馬克．吐溫（Mark Twain）所寫的小說中，也有王子換穿上流浪少年髒污衣裳的情節（註12）。桐原侯爵家的千金套上貧窮少年的深藍色和服，又穿上農家褲裙，然後蹲在地板上。聽見這些話，眞有種奇妙的詭譎感。

「——然後就在妳姑丈的面前，瓜生先生朝我走來。他將手放在坐在椅上的井關小姐肩上，與她說話。一旁的我再配合他，繼續做我的事同時回應他。」

與其說是八人藝，更像是由兩人所表演的腹語術。

如果是賣香菇的少年，應該會用低沉的嗓音說鄉下方言才對。現場沒有其他女性。在這種情況下，姑丈當然會以爲道子小姐的聲音就是由井關小姐所發出。

漂浮至半空中，失去了主人的話語，果然相當駭人。

「——待妳的姑丈離開之後，我又迅速換裝，前往大門口。」

至於少年的衣服，只要火速脫下揉成一團就好了吧。比起與死者互換身分，這個方法花費的時間，根本短得無法比擬。

21

天與地之間，彷彿只剩下我們兩個人。天空蔚藍，四周靜得叫人心慌。

「也許您不方便說出來，但是，究竟發生了什麼事？」

詢問後，道子小姐出乎意料地全盤托出。

「——那天我駕著艾克路易，經過瓜生家的別墅前方，恰巧聽見了女人的尖叫聲。我心想發生什麼事了嗎？湊近一看，只見庭院前那位家庭教師正與瓜生先生推擠成一團。我本想裝作什麼也沒看見，就此離開，但那名女子卻倒在地上。我不由得下馬走近，發現瓜生先生完全慌了手腳。四周——該怎麼說才好呢，總之就是散落著美女的藝術寫眞。瓜生先生等到大家都去登山之際，讓那位女子看了那些照片，然後，似乎是開口請求對方讓自己拍攝藝術電影。」

這樣的結果我曾隱隱約約思考過。但是眞正聽見後，更讓我有種難以言喻的厭惡之感。我絕不是在懷疑他拍攝所謂藝術電影的意圖。瓜生先生是位熱愛攝影的人。但是強迫一名心有不願又柔弱的對象，實在不可饒恕。

註12：指《乞丐王子》。

親眼見到未婚夫這一面的道子小姐，肯定是更加嫌惡吧。

「——結果，那名女子再也沒有站起來過了。探向她的鼻息，也已經沒了呼吸。瓜生先生則是呆若木雞地站在原地。」

「如果是我，一定會直接掉頭就走，再也不跟他見面。」

「倘若是其他人，我也許會採取其他的行動吧。」

但如今兩個家族之間已論及婚嫁，她很難這麼做吧。

「可是，道子小姐沒有那麼做，還打算袒護瓜生先生……」

道子小姐搖了搖頭。

「絕非如此唷。」

「咦？」

「說明白一點，我覺得這個男人果然也是頭劣馬。而發生的這件事，就像是我捉住了劣馬的尾巴。」

「………」

「所以，我才在想，要捉著他的尾巴，將這頭劣馬耍得團團轉。」

「………」

「而且，我也希望那名女子的家屬問及原因時，能夠給他們一個更加恰當，也更能夠信服的理由。即便是『不注意時就在房裡暈倒了』這樣的理由也無妨。如果那是眞的的話——可是，瓜生先生的內心感到歉疚。最重要的，是被我看見了眞相。所以我就跟他說，剛好在兩人獨處的時候，女人沒了呼吸，那麼無論怎麼辯解，家人都會覺得古怪吧。縱然表面上接受了，但如同濃霧般的疑慮，還是會盤旋在家人及下人的心裡。而且有人忽然猝死，也必須報警才行。屆時瓜生先生就得待在警署裡接受調查。被迫坐在硬梆梆的椅子上，被人怒吼，被人審問。」

「聽見您這番話，頭腦混亂的瓜生先生也只能一口答應——之後便老老實實地遵照道子小姐的計畫行動吧。」

「沒錯。」

我吁了口氣。

「的確，在看電影的途中，而且又是在檢察官面前暈厥過去，任誰聽了，都只會覺得是起普通的意外事故呢。」

道子小姐不疾不徐說道：

「——逝去的人，已經無法再復活。我要他答應我，至少對她的親屬，致上十二萬分的歉意。就說都怪他給井關小姐看了蛇的電影。反正不論拿出多少錢，對瓜生家而言，都是不痛不癢吧。」

道子小姐仰頭看向白雲。

「妳還有事情想問我嗎？」

「只有一件事……」

「什麼事？」

「即便如此，您還是打算與瓜生先生結婚嗎？」

道子小姐的語調依舊不變。

「……這回的事，只是尋常的意外唷。沒有任何可以拒絕的理由吧。」

「只要向父親哭嚷著說不要，那樣不就成了嗎？」

間隔了一段時間後，道子小姐開口：

「……我呀，覺得自己也是匹劣馬唷。所以根本不打算等到千里馬出現在自己的面前。反而覺得，已經捉住尾巴的劣馬，還比較容易操控。」

她目不轉睛地望著我。

「坦白說，其實我不討厭由里岡先生喔——大概是把他當成一個會對他的遲鈍動作感到煩躁，偶爾還會想將他摔到牆壁上的玩具吧。跟那樣的由里岡先生比起來，我不認爲瓜生先生有好到哪兒去。我也認爲，瓜生先生是個滿口謊言的人。可是，跟他結婚也無妨。因爲若嫁進瓜生家，我便可以過著跟現在的桐原家相比，毫不遜色的生活——跟妳說唷，我呀，很喜歡畫。畫總是能打動我的心。一旦成了瓜生家的夫人，我就可以隨心所欲購買自己喜歡的畫。將來，我想用蒐集來的畫作，開一間小小的美術館，創造出一個僅屬於我的世界。」

接著她問了一個出人意表的問題。

「妳看過卓別林的《城市之光》嗎？」

「有的。」

「之前在我們家的電影放映會上，播了這個片子呢。」

往昔天皇陛下甚至曾經親臨桐原府邸，因此宅邸中各式各樣的迎賓設備皆非常完善。現在似乎也經常邀請身分高貴的大人，舉辦電影放映會。

道子小姐的神情，像是在回想當時的畫面一般。

「在最後那一幕，雙眼恢復光明的維吉妮亞．雀蕊兒，是身處在花店裡吧。接著，為了她費盡千辛萬苦，四處籌措醫療費用的卓別林正巧經過——渾身破破爛爛，落魄不堪的呢。由於先前維吉妮亞的眼睛看不見，因此她一直以為救了自己的，是位富有的青年紳士。她見到卓別林的模樣後笑了。然後為了施捨錢財給他，執起了他的手。這時從握著的掌心觸感，她才驚覺到救了自己的人，其實就是眼前的男子。」

「我也記得是如此沒錯。」

「解說員高聲一呼，正是全劇最感人之處。可是，望著這一幕時，樂團的演奏，解說員的話聲，全都從我的耳裡消失了。我僅看見，發現真相的維吉妮亞臉上，說不出的嫌惡與憎恨之色。」

忽然，有隻蜻蜓輕快地飛過眼前。竟然能飛到這麼高的地方來呢。只見牠吸附似地停在黑色岩石上。

道子小姐接著說：

「——『你奪走了我的夢想，抹殺了我心目中的紳士。』她的神情看起來，彷彿是如此的深惡痛絕。其他觀眾皆單純地用手帕壓著自己的眼角。待眾人回去後，我請人再放一次最後一幕讓我觀看。不須解說員——我們家的人也不感到訝異，心想『小姐，您竟是這般感動嗎？』因爲，那是『名場景』嘛。可是，看第二次時，維吉妮亞的神情已經截然不同了。她的表情已不如我一開始看見的那般驚恐。不僅如此，甚至還牽起卓別林的手貼在自己的心口上。」

蜻蜓緊攀在岩石上，動也不動。

「——也就是說，我呀，是看到了自己的心啃。也就是表示，『我所作的美夢，眞相不過就是如此』；反過來說，也是表示『就算眞的有良人出現在面前，在我眼中也只會是衣衫襤褸的流浪漢』——因此我能遇見的，全都是劣馬。——而且在千里馬的眼中看來，我也不過是匹劣馬罷了。」

道子小姐輕站起身，背對向我。

也許是因這個動作而受到驚嚇，蜻蜓向上飛離岩石。爾後牠停在固定一個點上，震動著透明的翅膀，最後像是被風運走一般，飛向遠方。

重新面向我時，道子小姐已變回了那個喜怒不形於色的桐原家千金。

「好了，我們走吧。」

從低窪處往上走後，便見到了貝琪的白色制服。道子小姐開朗地朝她揮手，接著向走近的貝琪說：

「不好意思，能請妳清空方才的餐籃，然後拿過來嗎？」

貝琪偏過腦袋瓜子。

「怎麼了嗎？」

道子小姐輕快地說：

「——我在岩石之間看見了淺間葡萄唷。我們過去摘吧。」

22

我遲遲難以向貝琪說明事情的來龍去脈，特別是關於井關小姐過世的原因——就像個只會寫出錯誤答案的學生般，忸忸怩怩地不敢將考卷交給老師。

回到東京，駛至銀座之際，我試著開口：

「這附近，也有貧窮人家居住嗎？」

貝琪微歪過戴著制服帽的後腦勺。

「小姐，怎麼了嗎？」

「帶我去看看。」

車輛駛向一丁目的方向。拐個彎，沿著河岸前進，最終停下。

在河川對岸的石牆上，並排著像是幾層箱子堆疊起來般的房屋。每個箱子似乎就是一棟屋子。西下的夕陽餘暉斜斜地打橫照去。在朝向我們的方向，可以見到晾曬的衣物。外形像是人張開了手臂的那些衣服，看得出是襯衫或浴衣，但當中，也有著看似是好不容易才能掛在竹竿上的碎布。

外頭愈亮，從窗戶往內窺看的屋內就顯得愈暗。彷彿有烹煮豆餡時的熱氣，正充斥在黑漆漆的屋內似的。

石牆上，在像是被削了一截般較爲低矮的地方，有個赤裸著上半身的瘦骨嶙峋老人站在那裡。他的皮膚也曬得黝黑。停在他眼前的一艘小船上，則站有一名戴著草帽的男子，兩人朗聲說話，時而哈哈大笑。

河面顯得漆黑污濁。某個不明物體飄浮在水面上，有著頭顱般的形狀。

冷不防地，有個肥胖的女子從一旁的三樓窗子裡探出頭來，朝河川丟下了垃圾。接著，她似乎狠狠地朝我瞪了過來。我頓時有種錯覺，對方其實是將垃圾丟向我。

「小姐，要走了嗎？」

「嗯……」

車輛發動。我全盤說出了在輕井澤所發生的事。

「總覺得妳會生氣，所以至今一直說不出口。」

「爲什麼別宮要生氣呢？」

「因爲──眞正該做的事，應該是讓瓜生先生坦白說出眞相，再讓他親自到井關小姐的府上道歉才對吧。」

「……」

「可是，我做不到。我並不覺得瓜生先生會認罪，也不覺得井關小姐的家人知道了眞相後，會得到更多慰藉。就這方面看來，道子小姐也許是在她能力可及的範圍內，做了一件好事吧。」

然後，對於方才見到的景象，我提出了疑問。

「那些人們，三餐是否都有溫飽呢？」

「眞要說貧困的話，有很多人甚至沒有眼前這樣的住處。小姐應該也聽說了吧，東北地方由於饑荒，人民過得相當淒苦。」

「我一直以爲，每天三餐都有飯吃，是很理所當然的事。因此，一有不喜歡吃的，我就會剩下來。但是這個世界上，有很多人連剩都無法剩吧。」

「很遺憾地，小姐說得沒錯。」

「倘若井關小姐不是瓜生家的下人，當然，所有的待遇都會不一樣。一思及此，就覺得這世界上存有我們這樣的人，也存有並非是我們這樣的人，實在非常不公平。可是實際上，見到了方才那樣的屋子，若有人要我『住在那裡』，我一定會全身發抖，怎麼樣也做不到。」

「小姐——」

貝琪靜靜開口：

「『住在那種屋子裡的人不可能會幸福』這種想法，不僅失禮，也是一種傲慢喔。」

這番話，像是有人正溫柔地斥責著自己一般。貝琪又說：

「倘若小姐不介意的話，能否請您透過桐原小姐，詢問井關小姐的墓地座落在何處呢？找一天，別宮與小姐一起去上個香吧。」

我對著貝琪的背影，用力點了下頭。

23

即便感受到了秋意，不景氣的情況依然一成不變。只是，也出現了一則令我感到非常有趣的新聞。

內容即是京都帝國大學的副教授夫人，成了一位一圓計程車司機。這是日本史上頭一遭，也是真實事件。報紙上頭還刊載著夫人握著方向盤，笑容可掬的照片呢。

我馬上拿著那篇報導給貝琪看。

貝琪表示：

「現在已經變成了女人也能當司機的時代了呢。」

聽她這麼說，我不禁笑了起來。

在季節已完全更迭之際，道子小姐難得地捎來邀請。內容是請我欣賞電影。

「我也邀請了由里岡先生唷。」

我肯定是不由得皺起了小臉吧。道子小姐搖了搖頭：

「——這次我沒有任何意圖喔。就只是想請妳過來欣賞電影。片名是《城市之光》——其中的最後一幕唷。」

聽聞星期日中午，桐原家會舉辦一場秋日電影放映會。在道子小姐的央求之下，也將《城市之光》編入了播放節目單當中。她打算在客人移動腳步，前往晚宴之後，我們幾人留下欣賞卓別林與維吉妮亞．崔蕊兒的演出。

因此，在黃昏時刻，我登門造訪了桐原宅邸。我在下人的引領下，來到了專門用以播放電影的特別建築物前方。

室內廣敞得猶如一座小型體育館，正中央處備妥了一張椅子。
「一張？」
我不得不對這個數字感到疑惑。道子小姐穿著秋天的振袖。她指向眼前的螢幕，同時可以見到她長長袖子上的紅葉。
「今天我和由里岡先生是製作人唷。觀眾的話，只有妳一人。」
我看向道子小姐手指的前方，只見眼前垂吊著像是應急用的白色簾幕。原本的螢幕，是工工整整地貼在牆壁上。刻意往前垂掛的簾幕顯得無精打采，不甚可靠。既然會如此安排，應該是有某些用意吧。
「由里岡先生在那裡——」
他正背靠著後方的牆面，拿著薩克斯風。
「解說員和樂團都已經回去了唷。最後那一幕，剛才已讓由里岡先生看過了。我請他在接下來的放映中，隨心所欲地搭上曲子。」
由里岡先生想必是在構思樂曲吧，似乎完全沒聽見我們兩人的對話。在燈光的照射下，可以看見他眉毛附近的骨頭向外突起。雙眼落在陰影裡，卻一點也不詭異或可怕，反而讓人感受到了全神貫注之人的強韌。
道子小姐向我走近，悄聲在耳邊低語：
「——妳是第一次聽由里岡先生吹奏薩克斯風吧？妳絕對會大吃一驚唷。只有在吹奏薩克斯風的時候，會讓人不禁覺得，就連神也伸手推了這個吊兒郎當的男人一把呢。」

原來如此，由里岡先生是即興曲的「作曲人」。

「道子小姐您呢？」

「我會在那裡——」

旁邊的地板放置著風扇，前頭還夾有薄板。似乎已精準地調整好了位置。道子小姐請我就座後，便在風扇旁蹲下。

室內變暗之後，光線打在螢幕上，再逐漸擴展開來。

影片從日曆的數字不斷往前的場景開始。當畫面當中出現了維吉妮亞時，後方倏地奏起了狂嘯的樂聲，彷彿刮起了小型龍捲風。

薩克斯風對我來說是全然陌生的樂器。我本以爲會在女主角登場的時候，吹奏起優美動人的音樂，因此大吃一驚。

維吉妮亞見到身型挺拔的年輕美男子後，心頭激盪不已，猜想著對方是否就是自己夢中的那個人。

總算，卓別林出場了。見到他渾身髒兮兮的，街上的少年們對他大肆嘲笑。音樂沒有顯露出哀傷，反而音調一轉變得滑稽，像在對卓別林冷嘲熱諷。

卓別林彎下身子，意欲拾起落在馬路上的花朵。他的褲頭因此顯露在外，裡面的布跑了出來，壞心的少年用力一扯。卓別林這下子終於動怒了，追著少年們到處跑。

見到這幅情景，維吉妮亞覺得有趣，笑了出來。

——奇妙的是，當下由里岡先生的音樂，無論怎麼反其道而行，或是理所當然地演奏符合的配樂，我都覺得不即不離。不，反而與眼前的悲傷喜劇，抑或者該說是滑稽悲劇，非常地契合。儘管他激動地吹奏著，我卻又覺得四周彷彿悄然無聲。

忽然間，卓別林將目光轉向展示櫥窗，發現到維吉妮亞。花瓣自手中接連紛飛飄落，有如一場白色的落雨。

此時道子小姐打開了風扇的開關。螢幕的下邊緩緩地搖曳出波浪的弧度。維吉妮亞依然笑著，卓別林則出神地注視著她，只見兩人的身影搖搖晃晃。

啊啊，原來如此。如同由里岡先生正吹著薩克斯風般，如今，道子小姐也是透過這種方式，在畫著一幅巨大的畫作。或許，道子小姐有著特別的美術才能也說不定。眼前這樣不可思議的、《城市之光》世界的搖擺，只有道子小姐能夠辦到。而能夠成爲這幅畫的「觀眾」，僅有我一人而已吧。

帶有奇妙弧形的畫面，最終沒入黑暗當中。

薩克斯風的音色，也像是濃霧散開一般，逐漸遠去。

這陣黑暗，沉痛地幾乎要撕裂人的胸口，卻又莫名甜美。一時半刻，我還想繼續沉浸於其中，同時屏著氣息，等待一秒之後即將亮起的光明。

參考文獻（作品中已提及的部分不包括在內）

《女子学習院五十年史》女子學習院
《徳川慶喜家的孩子房》榊原喜佐子（角川文庫）
《華族的昭和史》酒井美意子（講談社文庫）
《昭和 My Love》酒井美意子（清流出版）
《華族的肖像》酒井美意子（清流出版）
《我的東京物語》朝吹登水子（文化出版局）
《我的軽井澤物語》朝吹登水子（文化出版局）
《東京山手線故事》木村梢（世界文化社）
《震災復興〈大銀座〉的街道・清水組寫眞資料》銀座文化史學會
《Visual Book 江戸東京 別巻 震災復興大東京明信片》近藤信行（岩波書店）
《東京下町 昔日店鋪》小嶋敏子（朝日出版 Service）
《銀座残像》師岡宏次（日本相機社）
《回憶中的銀座》師岡宏次（講談社）
《懷念的銀座・浅草》小松崎茂・平野威馬雄（毎日新聞社）

……〈銀座八丁〉中攤位的排列，就是依據此書。故事的時代設定爲昭和七年，《懷念的銀座・浅草》則是昭和六年所著，但我想應當不會有太大的差異，另又考慮到此書相當具有舊時代的氛圍，於是直接引用。

《銀座十二章》池田彌三郎（旺文社文庫）
《江戸東京街的履歴書④》斑目文雄（原書房）
《銀座四丁目十字路口》枝川公一（二見書房）
《我愛銀座》多數執筆者（求龍堂）
《銀座的米田屋洋服店》柴田和子（東京經濟）
《日本的爵士樂史＝戦前・戦後》內田晃一（Swing Journal 社）
《寢園》橫光利一（文藝春秋）
《貞操問答》菊池寛（文藝春秋）
《野上彌生子随筆集》野上彌生子（岩波文庫）
《迷路》野上彌生子（岩波文庫）
《情熱的殺人》葛山二郎（刊載於「新青年」）
《日本野鳥記　世界非虛構全集12》小林清之介（GYOSEI）
《Bird Song 3》本多勝一・松田道生・水谷高英（主婦之友社）
《犬與鳥　最新目錄》（日本畜犬鳥獸合資會社）
《文藝年鑑》再版（文泉堂出版）
《昭和二萬日全記録》（講談社）
《日録二十世紀》（講談社）
《朝日新聞所見的日本足跡》（朝日新聞社）
《從朝日啤酒看昭和世相》（朝日新聞社）
《昭和・平成家庭年表　增補一九二六―二〇〇〇》下川耿史・家庭綜合研究會（河出

書房新社）

另外，

和光鐘錶公司

村上開新堂

日本照相機博物館。於以上各處，也承蒙各方人士給予寶貴意見。

本作中的服部鐘錶店是現在和光的前身；尾張町十字路口，是現在的銀座四丁目十字路口。雖然也有資料顯示，有人曾在星期日前往時，見過服部鐘錶店閉店休息，但昭和初期的服部鐘錶店，原則上除了正月頭三天之外，全年無休。另，現在的和光訂定週日爲公休日。

葛利格的鋼琴曲，則是承蒙上原佐和子小姐的指導。

另，筆者也參考了當時的各版地圖及明信片。

國家圖書館出版品預行編目資料

街燈 / 北村薰作 ; 許金玉譯. -- 初版. -- 新北市
新雨, 2012.06
面；　公分
ISBN 978-986-227-108-7(平裝)

861.57　　101004193

街燈

原著書名　街の灯
作　　者　北村薰
譯　　者　許金玉
編　　輯　崔立德
發 行 人　王永福
出 版 者　新雨出版社
地　　址　新北市三重區重安街一〇二號八樓
電　　話　(02)2578-9528・(02)2578-9529
傳真電話　(02)2578-9518
郵政劃撥　11954996　戶名：新雨出版社
電子信箱　a68689@ms22.hinet.net
出版登記　局版台業字第4063號
出版日期　二〇一二年六月初版